Carl Hauptmann

Waldleute

Schauspiel in vier Akten

Carl Hauptmann

Waldleute

Schauspiel in vier Akten

ISBN/EAN: 9783743644199

Hergestellt in Europa, USA, Kanada, Australien, Japan

Cover: Foto ©Andreas Hilbeck / pixelio.de

Weitere Bücher finden Sie auf **www.hansebooks.com**

Waldleute.

Schauspiel in vier Akten

von

Carl Hauptmann.

„Wie Heidefeuer einsam glüht.
An dem die Welt vorüberzieht.‟

Stuttgart 1896.
Verlag der J. G. Cotta'schen Buchhandlung
Nachfolger.

Druck der Union Deutsche Verlagsgesellschaft in Stuttgart.

In Erinnerung

an die hingebende Regie und Darstellung der „Waldleute“
am Raimund-Theater in Wien

widme ich das Schauspiel

Herrn Direktor Adam Müller-Guttenbrunn
und
den beteiligten Künstlern.

Schreiberhau im Riesengebirge, im Dezember 1895.

Personen.

———

Förster Sender, älterer Mann mit einem mäch-
tigen Kopf, Stiernacken, wetterhartem, bärtigem
Gesicht . . . . Karl Krug.
Frau Förster, zart, von etwas spröbem Wesen Karoline Furlani.
Jda Sender, Tochter, hochgewachsen, von kräf-
tigen Bewegungen, ein paar Augen wie der
Vater, ein taufrisches drängendes Leben . . Paula Wirth.
Line, Dienstmädchen bei Sender . . . . . Josephine Jenzella.
Ringel, Wirt, Wilbschütz und Schmuggler, er-
graut, aber knochig und gewandt . . . . Victor Wachtel.
Frau Ringel, freundliches, rotes, mageres Ge-
sicht; leicht gebeugt . . . . Amalie Schönchen.
Heinrich Ringel, Sohn, groß, jugendstark, kind-
gut, von rückhaltender, grüblerischer Art; einen
braunen, jungen Bart ums Kinn . . . . Robert v. Balajthy.
Liese Ringel, Tochter, derb, rastlos geschäftig . Hansi Niese.
Lehrer Boske, schmächtiger, junger Mann . . Edmund Heding.
Rober, Vorarbeiter und Walbhüter,
unterseßt, listig, Enbe Dreißig .⎞   Cornelius Kirschner.
Kaulich, etwas jünger, baumlang,   ⎬ Holz-
laut, roh . . . . ⎟ macher   Hans Kreith.
Angst, lustiger Alter . . . .⎟ aus der   Rudolf Schilbtraut.
Kranz, schweigsamer Alter . . ⎟ Kolonie   Joseph Seybl.
Laban, mürrischer Alter . . .⎠   Max Selus.
Maibaum   ⎫   Rudolf Kneidinger.
                ⎬ Holzfuhrleute . . .
Gottlieb Glumm ⎭   Richard Gobal.
Der alte Pastor . . . . Eduard Heller.
Männer, Frauen und Knaben aus der Kolonie · · . ·

Die Geschichte spielt in einer entlegenen Walbgegend Schlesiens,
in einsamer Gebirgskolonie.

———

Mitwirkende bei der ersten Aufführung des Schauspiels am Raimund-Theater in Wien, am 31. Oct. 1895.

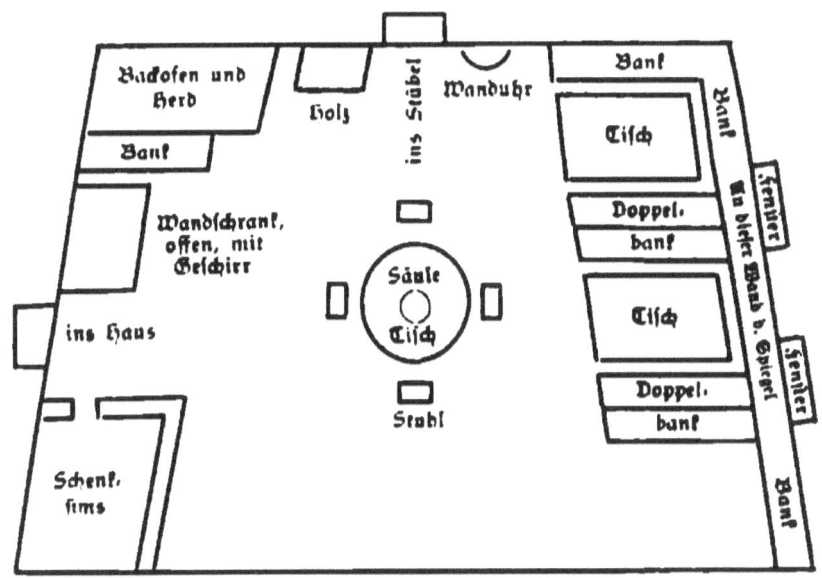

Erster Akt.

Wirtsstube bei Ringel in der Gebirgskolonie K... Holzwände und niedrige, etwas verräucherte Balkendecke. Die Thüren so niedrig, daß sich Größere beim Eintreten bücken müssen. Um den oberen, übrigens mächtigen und mit Backröhren versehenen, braunen Kochofen ein an der Decke befestigtes Holzgestänge, auf dem einzelne kleine Wäschestücke hängen. Gestrichene, roh gearbeitete Tische, Bänke und Stühle. Einige bunte Bilderdrucke mit Jagdabenteuern, ein Waldhorn und ein Spiegel an den Wänden. Auf den Fensterbrettern stehen mehrere Meerzwiebeln. Vor dem Stübel ein Waschschaff, daneben ein Schaff mit nasser Wäsche.

1. Scene.

Frau Ringel und Liese.

Frau Ringel (hat gewaschen und trocknet sich soeben ihre Arme).

Hust' nee noch a Neegla Koffee, Mädel, eb a kimmt?

Liese
(am Ofen, im Begriff einen Topf Kartoffeln vom Feuer zu nehmen und zu stürzen).

Ju, ju! — Sich ock ei's Rihr, Mutter! — Ich wiß au' gar nee, daß Heinerla hinte ni heemfind't!

Frau Ringel
(tritt neben Liese vors Ofenröhr, entnimmt einen Topf Kaffee und
schenkt sich ein).

Jes's, Jes's! Verlecht hot a werklich gar a Gestecke
mit Ferschters Jbla'n! — Du mein! — Die kinnba was
a'laufa — die beeda — wenn's der Ferschter merkte.

Liese (energisch).

Was wöllt' a denn au' macha — der ahle Brumm-
bär! (Hohnlachend.) Nu ju, ju! — ins hot a wull gar kee
bißla uf'n Striche — der Ferschter — was?

Frau Ringel
(schlürft auf der Ofenbank sitzend Schluck um Schluck den Kaffee, dazwischen spricht sie).

Wie war'sch b'n friher? — wie 'r noch mit Jbla'n
z'somma ei be Schule gingt — du und Heinerla?! —
Da kam Jbla monchmol zu ins. — Jemersch — se be-
gihn sich halt nee — der Vater und der Ferschter! —
(Lebendiger.) Se laba au' zu eefom -- ei b'r Ferschterei
— su mitta ei'n Walde! Mir sein immer noch besser
dra' — ei inse Kolonie —; mir sahn doch zum wingsta
inse Häusla gegenseitig.

Liese (derb losfahrend).

Wenn mir au' suste wetter nischt sahn! Abgeschieda
und abgeschlussa vo' da übriga Welt wär'n mir — bächt'
ich — au' genung! — Was? — Derentwegen braucht
doch aber enner noch nee be Nase a su huch zu tra'n!
— Ebens! — Das is ock die Sache! — Huchmittig sein
se — enner wie b'r andere — diba ein Ferschterhause.

Frau Ringel.

Sa' das nee, Liesla! De Fru Ferschtern is aber doch an' sihr ane gube Frau — mecht' ma frecha — a su fanftmittig is fe! —

Liefe (mit Wegräumung des Waschschaffs beschäftigt).

Nu — de Ferschtern — 's langt au' zu! (Man hört Peitschenknallen und Wagengeraffel vor den Fenftern.) De Fuhr= leute kumma glee au' recht fpat. (Mit dem Schaff ab ins Haus. Frau Ringel ordnet vor dem Spiegel ihren Anzug, dann tritt fie ins Schenkfims.)

2. Scene.

Frau Ringel, die Fuhrleute, später Liefe.

Kutscher Maibaum, Kutscher Glumm (jeder die Peitsche in der Rechten, Mütze auf, treten ein).

Maibaum.

'n Obend, Ringeln!

Glumm.

'n Obend, Muhme!

Frau Ringel.

Schien' Dank, Gottlieb; schien' Dank, Meebom! — Brengt 'r ni Heinricha mite?

Maibaum

(stellt seine Peitsche an den Mitteltisch und tritt dann vors Schenkfims).

Schnell an Korn und an Eefache! Mir miffa macha, daß mir heemkumma — mit infen Hulze! — De Tage fein schun wieder a zu korz — jitzunder!

Glumm

(hat sich, die Mütze in den Nacken geschoben, an den Mitteltisch gesetzt).

's is gar a Gekrakel — nunder ei's Thal! — (lachend) und das Lüftla! Od wingstens gutt, daß der

Mond scheint. — Die kinnba doch au' bahle rei' sein — die ahla Karle!

Frau Ringel (einschenkend).

's is wuhr, Gottlieb! —

Glumm.

Aber 's is a schmucker Karl wor'n — bunba — Euer Heinerla! — Was?

Frau Ringel.

Nu jes's — nee nee! — 's hot 'n nischt geschab't — derentwegen — das Suldatespiel'n. — Gelt? — Morne is d'r sechsundzwanzigste November? — Da sein's grade zwee Monate, daß 'r wieder derheeme is. — (Ungeduldig.) Wu a ock wieder bleit — Heinerla?

Maibaum.

D'r Ferschter hot se halt a wing ufgehal'n — dessa (draußen) beim Schlage.

Frau Ringel (trägt das Bestellte an den Mitteltisch, neugierig).

War 'r d'n salber dessa — der Ferschter?

Glumm.

Nu! Luhn zahl'n.

Frau Ringel.

Nee — ich bin hinte gar verwerrt! — 's is ju Sinnobend! — nu natürlich! — Da war ju der Ferschter salber dessa! (Sie geht zum Ofen.)

Die Kutscher

(trinken, nachdem sie vorher, anstatt Prosit zu sagen, nur jeder mit der flachen Hand auf die Tischplatte geschlagen haben, ihren Korn).

Maibaum

(prustet laut. Stille im Zimmer. Beide starren schweigsam vor sich hin).

Frau Ringel (seufzend).

Nu ju ju! — Nu werd wull doch au' balbe Schnie
kumma! — Mich reßt's gar sihr ei a Ben'n! (Stille.)

Maibaum.

Genung geharrt ha'n m'r. — Aber der Storm ver=
treibt a wieder.

Glumm (noch immer vor sich hinstarrend).

Se hätta glee wieder amol en'n berschussa?!

Frau Ringel (erschrocken und äußerst ängstlich).

's wär' wull vund' (vollends) gar. O Jes's nee —
Gottlieb! — Sprich ock! — Wan denn? — Was sa'ta
je denn?

Glumm.

Dan bihmscha Wildschiza —

Maibaum.

Wie heeßt a doch glei'? — O, ich wiß au' ni meh'!
— Se hätta'n berschussa gefunda — uba ein derr'n
Geberge.

Frau Ringel (jammernd, aber beruhigter).

Jes's — biba! — 's wär' wull vund'gar! Was do
hie rim schun fir Leute berschussa sein — die letzta Juhre!

Glumm.

Nu — insen Ferschter wär' wull au' zu traun —
bohie — was?

Frau Ringel.

O Jes's, Jes's, Gottlieb! Ma' kinnt' urntlich ei Angst
laba — baß amol — und 's thät' an Unschulbiga treffa!

Maibaum.

Inse Ferschter darf au' ock an Lauf vo' weita wittern — ba hot aber enner freilich verspielt.

Frau Ringel (ziemlich ruhig).

An bihmscha Wildschitza — meenta se? — Das werd Szczigorski sein.

Glumm.

Nu! (Stille.)

Frau Ringel.

Jemersch! Jemersch! — 's is ju hinte Sinnobend! — Da war der Ferschter salber dessa — nu natirlich!

Glumm.

D'r Kutsche meente iber mich —: 'r fihr' glee hinte noch zum Growa — nunder ei's Schluß.

Frau Ringel.

Nu nu! — A kan au' geruhig hie blei'n. Ins thut a nischt.

Maibaum (hat ausgetrunken und nimmt seine Peitsche).

Eb die irscht rei' sein, macha mir, daß mir furt= kumma. (Er legt Geld aufs Schenkfims.)

Frau Ringel (gibt ihm zurück).

Glumm
(erhebt sich ebenfalls, setzt seine Mütze zurecht, dehnt sich und nimmt aus seiner Westentasche Geld, das er Frau Ringel reicht; lachend).

Ringel kimmt wull gar ni meh' heem?

Frau Ringel.

Se wer'n ock wieder beim Weine sitza — hinte zum Sinnobende! — Er is doch biba iber b'r Grenze — ben

Bruder! — Er wullt' an Kuh handeln! (Die Kutscher gehen nach der Thür.) Lab gesund, Gottlieb! — Griß bei' Weib, Meebom! Die werd hinte au' passa!

(In dem Augenblicke, als beide, Maibaum voran, hinaustreten wollen, kommt ihnen Liese mit einem großen Milchkübel entgegen.)

Liese (mürrisch und ohne sie weiter zu beachten).

Ich wiß au' gar nee, Mutter, was 's mit da Ralke hot? — Die Milch is au' zu schlecht! Das viele Ei'spanna mit bam Vieche is eemol ni gutt.

Maibaum (im Hinausgehen).

'n Obend, Liesla! — Machst ju a Gesichte, wie zahn Meilen bieser Weg! (Ab.)

Glumm (faßt Liese unterm Kinn).

'n Obend, schie' Liesla!

Liese (setzt auf der Ofenbank ab).

O luß mich ei Friede, tummer Laps! Ich ha' kenn' Zeit!

Frau Ringel
(die die Gläser vom Mitteltisch genommen und sie nun im Schenk=
sims abwäscht).

Nee Mabel! 's hiert gar uf! Ha' nee a suchtes Maul!

Glumm (der sich vor Liese lachend hinpflanzt und ihr zusieht).

Gelt? Mir verstihn ins schun, Liesla?

Liese
(hat sich mit der Schürze den Schweiß abgewischt und macht sich
wieder am Ofen zu schaffen).

O, ich ha' kenn' Zeit! Halsa thust m'r doch nee!

Glumm (der sie nun neckend umfassen will).

Ich mecht' b'r schun halfa, Liesla!

Frau Ringel (launig).

Mach dich ock uf de Socka, Gottlieb!

Glumm (von Liese energisch abgewehrt).

Du machst glee bahle Hurt? (Hochzeit.)

Frau Ringel.

Ich gleebe immer!

Liese (sich nun gegen ihn wendend).

Nu natirlich! Was benn suste? — Ich gleeb' bir
alles! — Du kannst mir treiste noch was virliga!

Glumm.

Nu — bie sa'ta's bessa! — D'r Hoskelehrer thät'
glee a sihr lieblich im bich.

Liese (derb herauslachend).

's wär' gutt! — Wenn be a' b'r irschta Lige ge=
sturba wärscht, labtest be heuer schun lange ni meh'!
(Nachdrücklich.) Mit wan söllt' ich Hurt macha?

Maibaum (knallt draußen und ruft durchs Fenster).

Lus, Gottlieb!

Glumm.

Nu! — Nischt fir ungut, Liesla. (Er reicht ihr die Hand.)

Liese (lachend ben Händebruck erwidernd).

Nee! —

(Glumm eilt hinaus.)

Frau Ringel.

Lab gesund, Gottlieb!

Liese.

Kumm ock amol wieder — hirscht!

Glumm
(den Kopf nochmals zur Thür hereinsteckend, scherzhaft geheimnisvoll).

Wenn's Watter a su blei't — und be Uchsa a Weg
nee frassa! —

Liese (lustig drohend).

O, mach dich ock!
(Glumm ab.)

3. Scene.

Frau Ringel und Liese allein.

Liese.

Ich wiß nee, was die reda! Der Hoskelehrer thät'
glee a sihr lieblich im mich? Er mecht's.

Frau Ringel.

's kan immer meeglich sein! — Er kimmt ju ufte
genung!

Liese.

Nee, Mutter, red ock nee a su tumm! — Wenn 'r
naber ins wohnt! Wan der nachleest, wiß doch a jedes!

Frau Ringel.

Nu ju ju! — Ach Jemersch! — Da söllt' Szczigorski
au' berschussa sein!

Liese.

Was? — Szczigorski? O ban ahla Wildschitza
wärsch ganz recht! Was vergreifa se sich immer a' fremba
Eegentum! (Sie trägt ein Schaff hinaus.)

Frau Ringel (allein in der Mitte der Stube).

Nee, Mabel, was bu reb'st.

4. Scene.

Frau Ringel, Heinrich, Iba, dann Liese.

Heinrich
(erscheint in der Thür des Hinterstübels und blickt verstohlen in die
Wirtsstube).

Frau Ringel (erstaunt).

Heinerla, hinga rim kimmst bu?

Heinrich (sofort danach ins Stübel hineinsprechend).

Kumm ock! (Seinen Kopf wieder herausstedend, vergnügt und
heimlich.) Ich breng' au' jemanba mite, Mutter! Rot'
amol! Was Schienes! Was Schienes! Mutterla! (Zurüd-
sprechend.) Nu kumm' aber! — Vater is ni' derheeme.
(Indem er Iba vor sich herdrängt.) De Mutter is gar alleene.

Iba (in der Thür verlegen lachend).

Mutter Ringel, ich bin's! (Mit halbem Unwillen zu
Heinrich.) Ich mag schön aussehen, Heinrich, von bem
Sturme! (Sie ordnet haftig ihr Haar.) Was müßt Ihr nur
benken, baß ich komme!

Frau Ringel
(schlägt die Hände vor Ueberraschung überm Kopfe zusammen).

Nee! nee! Ida! — Nu werb's Tag! — Nee, du besichst ins! (Sie läuft aufgeregt zur Thür nach dem Hausflur, während sie ruft.) Mabel! kumm bale amol rei'! Liesla! Liesla!

Heinrich (hält Mutter zurück).

Mutterla, mach ock ni' erscht an Lärm, suste leeft se ins gar wieder 'naus!

Frau Ringel
(kommt auf Ida zu, sie noch immer ungläubig anblickend, und er= greift Idas beide Hände).

Jekersch! — Nu do! — Nu do! —

Heinrich (neben Ida).

Wenn ock Paterla risch käm', Mutter!

Ida (launig vorwurfsvoll).

Nein, Heinrich! — (Zu Frau Ringel.) 's soll's doch niemand weiter wissen, Mutter Ringel.

Heinrich
(ausgelassen ihre Hand ergreifend, mit der er anfängt, hin und her zu schwenken).

Nu sohl's grade noch jemand wissa.

Ida (versucht ihm ihre Hand zu entwinden).

Ach, Heinrich! — (Sie müht sich immer noch.) Nein, seht Ihr, so — ist er nun, Mutter Ringel! — (Sie ringt energisch.) Das will ich doch 'mal sehen!

Frau Ringel (will sie losmachen).

Nu läßt de se aber, Junge! — (Heinrich läßt noch nicht locker.)

Ida (sich mühend).

Kein — vernünftiges — Wort läßt du (Sie kommt los.) einen mit Mutter reden! (Sie besieht sich ihre Hand.) Nein, du bist aber grob, wirklich!

Heinrich (Ida umfassend, sanft).

Kumm — gib's har! — Ich blos' dir'sch!

Ida.

Geh nur! —

Frau Ringel.

Nu läßt de se aber werklich, Junge!

Heinrich (stolz).

Was sa'st de b'n nu, Mutter?

Ida (ausgelassen).

Nun? — Immer 'raus damit, Mutter Ringel! — Für was für'n nichtsnutziges Ding Ihr mich haltet! —

Frau Ringel (aus ihrem Erstaunen erwachend).

Nee, Kinder! — Nu du mein! — Das hätt' mir dreiste der Paster kinn'n vo' der Kanzel sa'n! — Nu, Jes's, Jes's! sa't m'r ock! — Aber — 's is zerlebt kee' Wunder! — Was dir der Junge au' gebarmt hot — bei a Sulbata! — Ock immer blussig 's Ferschtermadel! — Doch ei jeba Briefe stund's! — Wie 's 'r gäng'?! — Wu se wär'? — Eb se noch derheeme wär'?! — Und wie

se ausjähg'?! — Eb se de Zäppla au noch uffa trig'
— wie friher?! — Jes's — und das und jen's! — An
ur'ntliche Angst war'sch! — Mir hätta od miega dam
Mädel uf Schritt und Tritt nachlaufa — a ganza Tag!
— Wu söllta mir b'n immer alles har wissa — wu und
wie? — 's war an Zucht! — (Heinrich und Jda, die wieder
Hand in Hand bei einander stehen, lachen.) Ich hatt' mich ei
b'r irscht doch a win'g geängst', 'r mecht vunds gar da
unda blei'n. — (Lacht.) Aber, 's hilt 'n nee — wie 'r
fartig war.

Heinrich (lachend).

Nee, Mutter, 's hilt mich nee. (Zu Jda gewandt, indem
er mit Jdas Hand in der Luft tändelt.) Aber nee wuhr,
Perschla (Bürschel) — 's war au Zeit!? (Lachend.) Der
Hoskelehrer hätt' b'r doch a Kupp womeeglich noch a
win'g worn gemacht.

Jda
(hat seine Hand fahren lassen und begonnen, sich in der Stube um=
zusehen).

Ach Dummheit! — Der! —

Heinrich (heimlich thuend).

Mutterla, nu wer' ich b'r amol was sa'n —: Se
hot doch a win'g gepaßt uf mich. — (Spaßig stolz.) Se
hat mir'sch hinte ei'gestanden.

Frau Ringel (die wie Heinrich mit dem Blick Jda verfolgt).

Gar!

Jda (die sich noch immer in der Stube umsieht).

Bei Euch ist noch alles wie früher — ganz so,
Mutter Ringel! —

Frau Ringel.

Ju ju — gelt od?

Ida.

Da — die Geige unter der Bank! — Ach Gott,
(sie drängt sich zwischen Tisch und Bank ans Fenster.) — und die
alte Meerzwiebel! (Am Fenster stehend.) Wißt Ihr noch,
Mutter Ringel, von der Meerzwiebel habt Ihr mir 'mal
Saft aufgelegt, wie ich mich mit den Glassplittern so
geschnitten hatte!

Frau Ringel (lacht).

Dazemal — freilich! — Ju ju — ich wiß —
ich wiß.

Ida.

Mit der Flasche, die wir im Moore fanden!? —
Ich dumme Gans will sie an einem Stein zerschlagen,
und fasse sie dabei fest um den Hals. — Schrumm —
da saßen auch die Splitter in der Hand. (Lacht.) Da
kamen wir aber immer gleich gelaufen —

Frau Ringel (auch lachend).

Ju ju — ach Jemersch! — Sulche Sachen! —
A su was ha't ihr manchmol mitsamma fartig gebrucht!

Ida
(hat unterdessen von der Wand zwischen den beiden Fenstern das
Jagdhorn abgenommen und bläst einige klare Töne; dann macht sie
plötzlich eine Gebärde mit der Rechten, wie: „Wir wollen nur lieber
ganz stille sein!" und hängt es wieder an. — In diesem Augenblick
tritt Liese zur Thür herein).

Frau Ringel.

Nee, sich od, Liesla!

Liese (mit einem großen Brote; derb).

Hier' ich nee gutt? —

Ida (eilt auf sie zu).

Ja — mach nur große Augen, Liese! — Aber ums Himmelswillen — du darfst niemandem was verraten!

Liese (stellt auf der Ofenbank ab; darnach).

Ibla? — Was? — Ich gleebe immer, mit Heinricha leefst du?

Frau Ringel (während sie geschäftig zum Ofen geht, wie für sich).

An Bissa muß Ibla mit ins assa. (Dann nach dem Stübel gewendet, laut.) Oelt ock, Liese? Heinerla hot ins doch aber au' reene gar nischt ni' gesa't, daß se schun a su weit wär'n — mitsamma.

Heinrich (hängt lachend seine Mütze auf die Ofenstange).

Wer werd ock a Leuta glee' alles immer uf de Nase binda, Mutter!

(Frau Ringel ab ins Stübel.)

Liese (unterdessen Ida die Hand reichend).

Nu, mein Gott, sa' m'r ock, Mädel! Was werd d'n da aber der Hoslelehrer sa'n?

Heinrich (während er Holz in den Ofen nachlegt, lachend).

Renn' ock niber und erzahl's 'n.

Ida (mit Uebermut).

Ach ber! du denkst, weil er jetzt öfter zu uns kommt — und mit Mutter vierhändig spielt? — Na, wenn 'r auf mich spekuliert — da ist er schief gewickelt!

Liese (freudig überrascht).

Was be sa'st, Mädel! Ich duchte gar, ihr wärt längst ein Reena — Bis gebata! (Sie will ihr das Tuch ab= nehmen, Ida hält es fest.)

Ida (bringlich).

Nicht, Liese! Nein — ich kann nicht. — Ich bin Mutter nur so mir nichts dir nichts fortgelaufen. Ich kann wirklich nicht bleiben.

Liese (herzhaft).

Mein'thalben — da gih! (Sie geht an den Ofen.)

Heinrich (faßt Ida an beiden Schultern).

Ei dam Kappla hot's Mucka! Se wullte dorchaus ni mite gihn. Se riß mir doch aus! — Aber wie euch das Mabla laufa kan! — Ock immer zwischa dan Stämm= lan dorch — wie a Hersch — leichte — ma' hiert kaum 's Laub krascheln! — iber a Graba weg! — iber be Wiese weg! — Ich wär' beinah' noch hiegeschla'n! 's is gar a Wildfang — das Mabla — das! (Er dreht sie um sie selbst, so daß er sie dann im Arme hat.) Nu blei'st be doch noch a win'g! (Dann redet er leise in sie hinein.)

Frau Ringel
(kehrt mit einem bunten Tischtuch ins Zimmer zurück, noch im Stübel beginnt sie).

Hul' au' a Stickla schie' Worscht — Liese — aus'm Gewilbla — hirscht! — vo' da frischa! (Sie wischt und deckt dann den ersten Tisch.) Ich mecht' Ibla'n zu garne was a'thun! 's is gar eefach bei ins, Ibla! — Lampreta ha'n mir keene.

Liese (am Herbe).

Thust ju grade a su, Mutter, als wenn mir gar arme
Leute wär'n.

Ida
(die bisher leise mit Heinrich verhandelt hat, macht sich entschlossen
von ihm los, auftrumpfend).

Nein, nein! — Daraus wird nichts, mein Lieber.
— Ich hab' dir den Gefallen gethan und bin mit 'rein
gekommen! — Nun soll ich gar noch dableiben. —

Frau Ringel.

Willst wull gar nee erscht blei'n, Jbla? — (Zu Heinrich.)
Aber quäl' se au' nee zu sihr!

Ida.

Ach, wegen dem Quälen, Mutter Ringel. (Zu Heinrich.)
Aber bleiben kann ich doch nicht — nein.

Heinrich (unwillig).

Nu reb' noch, Jbla! (Er zieht ihr das Tuch ab.) Gib's
har! (Sie hält es fest und sie zerren sich einen Augenblick herum.)

Frau Ringel (tritt an den Herb).

Mir macha au' ganz geschwinde.

Ida (läßt das Tuch fahren; schmollend).

Nein, hätt' ich das gewußt! (Heinrich legt es auf den
Mitteltisch.)

Liese.

Nee, Mabel, hust du aber a Gewerge! — Wie lange
leefst be 'n bis zur Ferschterei?! — Die sufzah Minuta!
— Und wer söllt' b'n hinte au' noch kumma?! — D'r
Hoskelehrer is nunder zum Paster. —

Frau Ringel.

Jemersch — und wenn die Mannsleute noch runds
aus'm Pusche käma — die hiert ma ju vo grußer
Weite. —

Ida (unschlüssig).

Ja aber —! (Zu Heinrich neckisch.) Soll ich?

Heinrich

(faßt sie um die Seite und zieht sie neben sich auf die Bank nieder,
dann sehen beide einander an und lachen).

Heinrich (zutraulich zu Ida).

s' is doch au' ganz schien bei ins, Ibla? — (Ida
versinnt sich.) Nu sa'st be gar nischt! — (Ausgelassen.) Mei
Mabla hot halt Hunger. — Nu brengt au' was!

Ida.

Nein wirklich! Du! — Hört nur nicht auf ben!

Liese.

Ich brenge! Ich brenge! (Sie trägt eine dampfende
Schüssel Kartoffeln herzu, dann holt sie noch einiges nach. Am
Mitteltisch befühlt sie Idas Tuch.) So ees mecht' ich au' amol
ha'n, Mutter. (Sie geht weiter.)

Frau Ringel (befühlt es beim Vorübergehen ebenfalls).

Heinrich (sieht das).

Ju, ju, Mutter! Ibla schafft Feines!

Liese (herzhaft).

's is an Kunst, wenn ma Zeit hot! — Wu käm'
b'n inserees zu solcha Sacha!! — Ock im's Viechzeug
rimbrehn — a ganza, lieba, langa Tag! — Do vergiht
en'n wull be Lust zum Tichlamacha!

Frau Ringel (nun auch am Tische, mit der Rechten abwehrend).

O Jes's, Mabel, hier uf! 's kan's ni' ees ha'n wie alle! — Nu hier' amol, Jbla! — eb die wull a eenzig-stes Mol zufrieda wär'.

Heinrich (barsch).

Jbla gibt au' derheeme nee missig, gleeb's ock!

Liese (Brot schneidend).

Wer spräch' ock vo' Jbla'n! — Aßt ock! Ich sa' wetter gar nischt meh'! (Eine kleine Weile Stille im Zimmer.)

Heinrich.

Dessa war sche euch a su lustig und ibermittig! Aber du bist ju uf eemol gar stille, Jbla?

Ida (ängstlich).

Auch noch, Heinrich! Wenn bloß Vater mich hier sähe! — Ich hab' doch Angst! (Aus Sinnen plötzlich über-mütig und neckisch.) Mir sind auch heut so viel Kletten im Kleid hängen geblieben. (Sie nimmt einige vom Aermel.) Das bedeutet gewiß Unglück. (Sie wirft Heinrich eine ins Gesicht.) Nun ist mir aber auch alles ganz gleich! — Ich werde mir nicht das ganze Vergnügen vergällen.

Heinrich (vergnügt).

A Worb, Jbla! Nu mußt be aber au' ur'ntlich assa! — Wart, ich schal' d'r an Kartuffel.

Frau Ringel (lachend).

Ich gleebe gar — inse Heinerla! — Suste missa mir'sch'n immer schalen.

Liefe (trocken).

De Verliebta fein eemol ni anberfch, Mutter!

Heinrich (innig).

Nee, daß Vaterla ni derheeme is, bas is au' zu fchabe!
— (Heiter.) Was meent a glei'? — Heinrich, fa't 'r, fchla'
bu bir bas Ferfchtermabla aus'm Sinne. Die is bir
nee beftimmt. — 'r mecht fchien lacha!

Liefe.

Daß a gar nee kimmt — ber Vater! (In diefem
Augenblick hört man eine Thüre fchlagen.)

Ida (fpringt erfchrocken auf, äußerft haftig).

Heinrich, komm!

Liefe.

Thu mir ock ban Gefall'n, Mabel! 's is ock infe
Scheunthor, bas ber Storm zufchmeßt.

Frau Ringel (ziemlich ftreng).

Nu mach bich aber, Liefe, unb lä's fefte! Du wißt,
wenn b'r Vater berheeme is, barf's nee virkumma!
(Liefe geht ab.)

Ida (greift fich mit beiben Händen an die Wangen).

Brühfiedeheiß ift mir geworben — auf einmal in
ber Stube. — (Aengftlich.) 's is boch beffer, wenn ich gehe.
— Komm!

Heinrich (fie neckenb betrachtenb).

A zu fchie' Mabla, Mutter — wenn fe an fu'ne
Hiße hot — vur Angft. — Wie fie euch erfcht ausfahg

— deſſa ein Mondenſcheine! — gar ſchien! — 's Hüttla hatt' ſe ei der Hand — de Härla werbelta ims Geſichte. —

Ida (drängt aus der Bank).

Du lachſt!

(Lieſe kehrt zurück.)

Heinrich (bringlich).

Was ſohl b'n paſſieren, Idla? (Er läßt ſie nicht heraus.)

Frau Ringel (ſorglich).

Jemerſch! Ebens! Ock d'r Ferſchter! Beileibe! Beileibe!

Heinrich (ausgelaſſen).

Da wer'n ſe glei kumma — und Idla'n ei'fanga — und a'binda — daß ſe gar kee' eenzigſtes Schrittla meh' ei a Wald kan! (Kindlich, bringlich.) Idla? Se wer'n doch nee? — A ſu is a doch gewißlich und wahrhaftig nee, der Ferſchter, Sa's amol! hirſcht!

(Heinrich hat Ida wieder auf die Bank niedergezogen.)

Ida (verſonnen).

Trennen laſſ' ich mich doch nicht mehr von dir, Heinrich. Eher ſterbe ich!

Lieſe.

Nu, das wiß ich au', trenna liß' ich mich au' nee, wenn amol — und's paßte mir enner.

Heinrich.

Hier ock, Mutterla! Das ſein ju a paar ſakermenſcht forſche Madel!

Frau Ringel (lachend).

Nu bo! Nu bo! Mir war'n au' a su! (Geschäftig.) Aber ihr aßt ju gar nischt, ihr Kinder!

Heinrich (ganz übermütig ausbrechend).

O Mutter, mir is jitzt au' noch alles egal. — Ich bin dir zu lustig! — Ich sa' dir, 's war sinknichte Nacht dessa — und die kahle Buche brauste — und drunter standa zweee — die lachta — und kicherta — und das war Ibla und ich! — — Wie ichs Madla erscht wieder gefanga hatte, da ha' ich's gar hal'n missa — suste wär'sch ein Storme furtgeflen'n.

Ibn.

Nein, hört nur! — Der Prahler! (Man hört fernes Gelärm von draußen. Iba verstummt plötzlich. Alle horchen. Iba springt hastig auf, ergreift ihr Tuch.) Heinrich, komm! (Sie zieht ihn nach dem Stübel.)

Heinrich (im Hinausgehen).

Ich begleite Ibla'n am Moor entlang. Ich bin ju bahle wieder do. (Ab, sofort darauf steckt er seinen Kopf nochmals zur Thür herein.) Aber, baß ihr nee ernt (etwa) Vaterlan was sa't — wenn a kimmt! — Ich will's salber sahn, was a fir Auga macht. (Ab.)

5. Scene.

Frau Ringel und Liese.

Liese (verdutzt.)

Su a Mädel. Da leeft se 'naus — und sa't ni erscht an Abschied!

Frau Ringel.

D'r Ferschter barf's od beileibe nee wiſſa. — (Verſonnen.)
Jemerſch! — halt was die Leute reba! —

Lieſe (energiſch).

Was ſprächa ſe nee alles iber inſen Vater!

Frau Ringel (ſtreng).

Sa' od bu nee ernt was! (Beide erheben ſich und gehen
ans Tiſchabräumen.)

Lieſe.

O ich thät' mir wull 's Maul verbrenn'n!
(Der Lärm kommt näher.)

Frau Ringel.

's Stubawaſcha mechta mir wull lo'n, bis die Karle
wieder 'naus ſein!

Lieſe (im Begriff einiges Geſchirr hinauszutragen).

Vor mir! 's is au' ſuſte noch genung zu thun! (Ab
ins Haus.)

6. Scene.

Frau Ringel, Rober, Kaulich, Angſt, Kranz, Laban.

Kaulich (hereintretend).

Kummt od rei'! Erſcht kummt amol rei'! — Ich
zahl' b'r en'n, Kranz! (Zur Frau Ringel, die im Schenkſims
ſteht:) A paar Korne — und a paar Eeſache, Ringeln!

Rober.

Du werſcht b'r doch zum Sinnobende an Stunde
ginn'! — Luß ſe geruhig paſſa — beine! — Mir macha
irſcht a Ding! — Brengt od au' be Karta!

Laban.

Meine Gitte! — Unberstiht euch, ihr ahla Briber!
— Das wär' mir grabe kumma! Mit euch gihn unb 's
Galb verspiel'n — was!? — unb versaufa! Ich nahm
 od an Eefache, Ringeln, unb dann gih' ich menner Wege.

Kranz (trägt Säge unb Axt mit herein).

Was benn? — Mir gihn z'somma.

Frau Ringel.

Nu brengt od gar das ganze ahle Gelumpe mite
rei'! 's hot ju ein Hause genung Platz! (Kranz trägt's
sofort ab unb kehrt mit leeren Händen zurück.)

Laban.

Heinerla war aber vum Schlage weg — wie weg=
geblosa! Er is noch ni derheeme.

Frau Ringel.

Er werd noch zeitig genung kumma!

Kaulich unb Kober (haben sich an ben vorbersten Tisch gesetzt).

Kaulich (ungebulbig).

De Karta har! (Frau Ringel legt sie auf ben Tisch.
Kaulich mischt, sie spielen los. Laban unb Kranz treten an ben
Tisch unb sehen zu.)

Angst (tritt zur Thür herein, lustig).

Hihi! is bas a Storm! 's is reen gar kee Furt=
kumma hinte! — Da keef' ich m'r au' en'n! (Er tritt zu
ben Spielenben.) Ihr kinnt wieder 's Galb nee ei b'r
Tasche ha'n! 'naus muß 's! immer lus! (Er wenbet sich
ab unb setzt sich an ben Mitteltisch.) Nu lußt mich gar ei Ruh!

Laban.

Kimmſt' au' noch, Aengſtla?

Angſt.

Ju, ju! ich gleebe immer, ich bin's! — 's gube Aengſtla labt hal' immer noch! — D'r liebe Gott — nahmt's ock nee ibel — meine Herrn — ich wiß ju nee — ob's en'n gibt! — aber — was Heheres gibt's! — an Urkraft, die alles lenkt — ju, ju: an Urkraft, die gibt's. — D'r liebe Gott meent's gar gutt mit mir. — Ich bin ju a liberliches Luder gewaſa — das weeß ich — nu! — das braucht m'r ni erſcht enner ſa'n! D'r ahle Ferſchter — der ahle Sender — inſen Ferſchters Vater — Friede ſenner Aſche! — (Geheimnisvoll) dan berſchuſſa ſe doch — ju, ju! — Wildſchitza ha'n 'n doch berſchuſſa — dazemal —

Kober.

Was b'n ſuſte?! — Labr' ock nee a ſu!

Angſt.

Giht's dich was a'? — D'r ahle Sender — der meente uſte: Karl, dich ha'n ſe ein Kalberſacke riber gepaſcht. — Ich ha' immer iber mich geſa't —: Aengſtla, du brengſt's zu niſcht — 's is m'r au' gelunga! — Nu keeſ' ich mir aber au' en'n! — Ringeln, — biſt mir be Liebſte vo allen — nu kumm und breng noch ees!

Kaulich (beim Spiel).

Da huſt a Ding!

Angst.

Ju, ju, Labandla! D'r Mensch, oum Weibe ge=
burn —! Ich ha' mancha Teifel derlabt!

Asber (streicht ein).

Und zwanzig!

Laban (für sich).

Wer söllt's ock hie zu was brenga?

Angst.

Se ha'n doch wieder amol en'n berschussa!

Frau Ringel (sorglich).

Nu ebens! — De Kutscha sa'ta's ins! (Sie stellt
einen Korn vor Angst.) Mußt noch a wing worta, Angst,
ich muß erscht Bier ruf hul'n. (Ab.)

Raulich (vom Spiele aufblickend).

Se treiba's wieder amol a wing gar tulle.

Angst (geheimnisvoll lachend).

Nu nu — hie! — Ringel is au wieder ni derheeme.

Laban (für sich).

Wer söllt's ock hie zu was brenga? — Meine Gitte!
— hie uba! — mitta ein Geberge! — Frih uffstihn! —
ei a Pusch! — Bceme sterza — f'r a Growa! — immer
sterzt! sterzt! O ma' muß sich ei Obacht nahma, suste
zerschmeßt's en'n be Beene! — Die paar Bihma uf Kar=
tuffeln und Koffee — und schlofa gihn! Giht ock vo
Häusla zu Hittla — ei b'r ganza Kolonie! — Wenn's
nee und wär' amol a Beemla zu viel — ein Forschte —

daß ma sich kinnt' an recht worme Stube macha — meine
Gitte! — zu was brenga! — (Lebhaft.) Ma mößt's grabe
verstihn wie Ringel.

Rober (schreit).

Du mußt Schneider war'n! Schneider mußt du
war'n! (Streicht ein.) Und verzig! — Das war mei Glicke!
— Das war mei Glicke!

Franz.

Hiert ock, wie's bessa imgiht! Der ganze Pusch
dunnert!

Laban.

Was mußt's b'n mit'n Ferschter ha'n — nächten?

Angst.

Hihi, hinte is 'r au' wieder bessa!

Franz.

De ganze Nacht! Was?

Rober (spielend).

Sprenkla ufstall'n!

Laban.

Was mußt's b'n mit'n Ferschter ha'n — nächten?

Kaulich.

Ju ju! 's hot was! Er werd mit 'ner Ente gehurt
ha'n, daß 'r de Wildschitza a su gutt trifft.

Angst.

Hihi! — Beileibe! — Hihi!

Laban (ernſt).

's hot 'n a Kummer getruffa!

Frau Ringel (tritt mit Bierflaſchen im Arm zur Thür herein).

Angſt.

Hihi! Wenn 'r 'ſch borchaus wiſſa wullt —: ärſchlich gebur'n is a — fräut od Laban!

Kober.

O Jes's, Jes's, Laban!

Kaulich.

Biſt wull au' ärſchlich gebur'n, baß be's a ſu gutt wißt!

Angſt.

Hihi! Beileibe! Beileibe! Nu bo!

Laban.

Braucht's ni gleeba! (Heftig.) Und ich ſa' euch boch: ärſchlich is a gebur'n! — Die be ärſchlich gebur'n ſein, bie ſtroft's nu eemol a ſu — ſu lange wie's bauert!

Angſt.

Hihi! — und wenn's hal' alle is — hernacher braucht enner keene Muſicke meh zu macha!

Kaulich.

Trinkt od lieber noch ees, ſtatts Eurer Muſicke! Laberjirga Jhr!

Laban.

Wenn's uf bich a'käm, kinnt ma ſeine ganze Seele vunds verſaufa! — Was?

Kaulich (hohnlachend).

Du magst aber au' an Seele ha'n, du derrer Gratsch!

Laban.

Au' grade a su gutt, wie a suchter Schnapsbruder!

Frau Ringel (trägt herzu und ist geschäftig im Zimmer hin und her).

Angst.

Hihi! Der Ferschter wär' wull 'nunder zum Growa!
— Quarkspitza! — ein Walde leeft a rim! — ein Störme!

Franz
(plötzlich ausbrechend und seine schwerfällige Rede heftig gestikulierend
begleitend).

Nu! — nu do! — Ich kan euch ee's erzahl'n! nu
do! — Vund Sunntigs! — da war ich doch — iber d'r
Grenze — war ich doch! — ei d'r Nacht — wie ich
heemging — ei d'r Nacht — da stund a doch — duba
(droben) stund a — wie ich heemging — iberm Geberge
— die Leuta sprecha de Kanzel! — (Geheimnisvoll.) Da stund
a uba — der Ferschter — ei d'r Finsternis — huch uba —
iber da tausend Milliona Beemspitza stund a — sa' ich euch.
— Und aus sahg a — grußmächtig — as an Wulke! —
Sprecha?! — o Jeses, Jeses! (Dabei klopft er sich heftig mit
der Rechten zweimal auf den Oberschenkel.) sprecha that a? Was?
Brausa ur'ntlich! (Kaulich und Kober lachen hell auf.)

Kaulich.

D'r Teifel werb's gewasa sein! od d'r Teifel!

Kober.

Da bist de doch aber au' ausgerissa wie Schoflader?
Was? — D'r Teifel hot'n was virgemacht! Haha! D'r
Teifel hot'n vom Geberge geprebigt!

Kranz.

Mol bu a ock a' be Wand! — (Heftig.) Zu was hätt' b'n der Ferschter immer an Tutaschabel uf sen'n Schranke? — Wer wiß, wie's zugiht?!

7. Scene.

Die Vorigen. Heinrich, später Liese und der Lehrer Ho'ßle.

Heinrich (tritt ein).

Angst.

'n Obend! 'n Obend, Heinerla!

Laban.

Wu kimmst bu b'n har?

Heinrich.

Ich hatt' ock ein Krame noch zu thun. (Er lacht seine Mutter an.) Nu Mutterla! (Dann hängt er seine Mütze auf die Ofenstange.) Is 'r noch nee berheeme — der Vater?

Angst.

Bist ju a su ufgelä't, Heinerla?

Kaulich.

Kinn'st ins arma Ludern immer amol was zahl'n, Ringel-Heinrich!

Laban.

Meine Gitte! Ees tränk' ich noch — garne.

Heinrich.

Vor mir, Mutter, ich zahl' ees!

Frau Ringel.

Aber Heinerla! Du wärscht gar nee recht.

Heinrich (bestimmt).

Du wißt, Mutter, was ich sa', das thu' ich. Schant jeba noch ees ei'!

Angst. Laban.

Da mußt be ins aber au' was spiel'n, Heinerla! hirscht!

Heinrich.

Mennerwegen! (Er geht schweigsam nach seiner Geige. Während Frau Ringel einschenkt, stimmt er am Mitteltisch. Kober und Kaulich spielen ungestört fort. Dann trägt Frau Ringel jebem ein Glas Bier hin. Alle trinken und rufen durcheinander.) Ringel=Heinrich! Prost, Heinerla! Ringel=Heinrich!

Angst.

Hihi! Su a Geschanktes schmackt doch gutt! (Kober und Kaulich spielen sofort weiter.)

Laban.

Nun ga't aber amol Ruhe!

Heinrich (setzt an und spielt das Volkslied).

„Goldne Abendsonne, leuchtest mir so schön. Nie kann ohne Wonne beinen Glanz ich sehn!"

Kober und Kaulich
(werden währenbbeissen immer eifriger, schlagen die Karten auf den Tisch und fallen dann, während einer mischt, grölenb in den Refrain ein).

„Nie kann ohne Wonne beinen Glanz ich sehn!"

Heinrich

(der ihnen schon anfangs zornige Blicke zugeworfen hat, hört sofort zu geigen auf, läßt sie, indem er sie streng beobachtet, ohne die Geige abzusetzen, den Refrain zu Ende singen. Dann setzt er die Geige ab und trägt sie langsam und schweigsam wieder in die Ecke. Während er sie einhüllt, sagt er).

Mennerwegen greehlt immerzu!

Laban.

A hot recht!

Angst.

Heinerla, wersch doch nee a su sein!

Laban.

Meine Gitte! a hot recht. — Das Gepäke!

Kaulich (während des Spiels).

Du ahler Gothe wersch's wull noch ausahl'n — denk' ich m'r immer. — (Auf Heinrich deutend zu Kober.) Er will sich ock blussig noch a wing uf a stulza Sulbata ufspiel'n — dohie.

Heinrich (wegwerfend lachend).

Kober (zu Kaulich).

's Ferschtermabel steckt 'n halt ein Kuppe.

Heinrich.

Nihm dich ei Obacht, Kober!

Kober.

Was? Du? Ich sohl mich ei Obacht nahma vor dir? — Wo is d'n bei Vater hieganga — nächten? — M'r wissa's schun!

Heinrich.

O ha' du Battelleute zum Narr'n!

Kaulich.

Böckla schissa!

Kober.

Der wiß au' an Brota zu finda!

Angst.

O Jeses, Jeses! fanga se ne schun wieder a'! — Ihr ga't Ruhe, sa' ich blussig!

Kaulich.

D'r Ferschter werb'n de Hurt (Hochzeit) ei'tränka. Ida'n werb 'r 'n ga'n? — Dreck werb 'r 'n ga'n! — Du! — Du! —

Kober.

Er söllt' ock sen'n Schwiegervater amol ei's Gehege kumma! — Du! — Du! — Du willst mich verdächtiga! (Er springt vom Tisch auf.) Ha' ich euch schun was gestohl'n? Hä? Sprich ock! Ich will's wissa! (Kaulich springt ebenfalls auf.)

Frau Ringel.

Jetzt ha'n se gesuffa und gespielt — nu mechta se au' noch spektakeln!

Kaulich.

Immer lus, Ringel-Heinrich! Sa's ock, sa's! — Du denkst wull, weil bei' Vater a reicher Man is? — weil 'r sich a reich Wertschoftla berpascht hot? — Mir missa's wissa! — mir sein Freinde! — (Er geht an Heinrich heran, der am Ofen lehnt.) Aber wenn be noch amol su was rebst, Luder, da ga' ich dir a Ding ei beine Religion, baß — (Er hat bie Hand kaum gegen Heinrich erhoben, als ihn bieser auch schon, ohne im übrigen ein Wort zu sagen, packt und mit einem kräftigen Stoße bis an die Tische zurückschleubert.)

Frau Ringel (jammernd).

O Jes's, Jes's! jetzt fanga se gar wieder a' zu prügaln! — Was zahlst au' noch — ban ahla Karl'n. Schmeiß se doch naus — Heinerla! — Schmeiß se doch naus!

Liese (kommt hereingestürzt, energisch).

Immer nihm a — Heinrich! Schmeiß a naus! — Mir missa vorhero noch be Stube woscha!

Kaulich (erhebt sich von neuem).

Was? Du willst mich a'greifa? Du — du — Jingerla! — (Er will wieder auf Heinrich losgehen.)

Laban und **Franz** (halten ihn).

Ruhe gibst be, Kaulich!

Liese (stellt sich dazwischen).

Giht ihr lieber heem — ihr ahla Saufsbriber. Eure Frauvölker warta vorhero schun die ganze Zeit — dessa vur a Fanstern!

Lehrer Hoske (ist währenddessen eingetreten).

Was geht denn hier vor? Guten Abend!

Liese.

's gutt, daß Se kumma, Herr Lehrer.

Frau Ringel.

Erscht saufa se, Herr Lehrer, und spiel'n, — dann fanga se gar noch a' zu prügaln.

Lehrer Hoske.

Ich dächte, Kaulich, Ihr gingt lieber heim! Ich komme eben unten vom Paſtor — ich wußte ſchon, wie ich von weitem den Lärm hörte —

Kaulich (mit Geringſchätzung).

Miga Se's wiſſa — vor mir!

Kober.

Kumm, Kaulich! (Er wirft Geld auf den Tiſch.) Zahl'n! — Aber wart ock, Dahre, ich wer' 'm Förſchter immer ſchun amol a Liedel uſſpiel'n derentwegen. (Heinrich lehnt in der Thür des Stübels.)

Lieſe.

Ju! ju! Spiel du! Spiel! (Hohnlachend.) Du wärſcht a ju a Karl!

Kober und **Kaulich** (ſchicken ſich an zu gehen).

Kaulich (im Hinausgehen).

Jbla'n werd 'r 'n ga'n — Dreck... (Heinrich geht einen Schritt auf ihn zu. Kaulich verſchluckt das weitere. Sie ſchlagen die Thür hinter ſich zu. Man hört ſie draußen noch einen Augenblick räſonnieren.)

Augſt, Labou, Kranz (zahlen).

Lieſe.

Bleiba S' ock an Augablick, Herr Lehrer!

Lehrer Hoske.

Heut geht's nicht, Lieſe. Ich muß morgen zeitig raus — wegen der Kirche.

Lieſe.

Jes's — mir gihn au' murne nunder —

Laban.

Warta S' ock, Herr Lehrer. Mir kumma mite.

Lehrer Haske (zu den Arbeitern).

Schön! schön! (Zu Liese.) Aber doch nicht so früh — wie ich! — Schlaft gesund! Schlaf gesund, Heinrich! Laß d'r nur nicht die Laune verderben! (Heinrich beachtet ihn gar nicht. Haske ab.)

Frau Ringel.

Nu hui aber bahle be Schaffe, Mabel! Feber dich! (Liese ab.)

Laban.

Meine Gitte! das sein a paar Wergebänder — meschante — werklich —

Angst (während sie alle drei nacheinander abziehen).

Schien Dank ock, Heinerla! — hihi — aber mit bir berfa se ne a'binda — was? — Ich gleebe, bu heebst (hauft) 'n 's Laber noch amol fir alle vull! (Ab.)

8. Scene.

Heinrich und Frau Ringel.

Heinrich (lehnt noch immer schweigsam an der Thür des Stübels).

Frau Ringel (tritt zu ihm).

Was simmlierscht b'n noch, Heinerla? (Sie sinnt auch einen Augenblick.) Nu do! Nee! Nee!

Heinrich (plötzlich wütend losfahrend).

Was die reba — das sohl mir egal sein — die beeba biesa Geister! — Das sohl Vaterla'n und 'n Ferschter au' noch gar egal sein, sa' ich blussig.

Frau Ringel (ganz erschrocken).

Jemersch, Heinerla, sei ock geruhig! Sei geruhig! — Gih schlofa! — Murne is au' noch a Tag!

Heinrich (ruhig).

O Mutter — 's is wuhr! — Ich gih'. (Ab.)

9. Scene.

Frau Ringel, Ringel, Liese.

Frau Ringel
(räumt die Tische frei. Nach einer Weile kommt Ringel verstohlen durchs Stübel und winkt Frau Ringel).

Frau Ringel.

Nee, Man!

Ringel.

Heinerla kimmt doch nee! (Er gibt ihr etwas.)

Frau Ringel.

Heinerla is grade 'nuf ei de Kammer. (Sie verschwindet einen Augenblick ins Stübel.)

Ringel.

Das war an Ja'd, Mutter! — A Wunder, daß ich heemkam! D'r Ferschter war hingabrein — und a Storm — nee zum Furtkumma! — Hier ock, wie's dunnert! — als wenn der ganze Pusch nachgelaufa käm'! (Er setzt sich

auf die Ofenbank.) Giß m'r ees ei', Mutterla. — Ich muß
erſcht a wing verſchnaufa.

Lieſe (mit einem Waſchkübel hereintretend).

Biſt be do, Vater! — Ich ha' dich gar nee kumma
hier'n! — Wißt be au', wer hinte bei ins war? — 's
Ferſchtermadel!

Ringel (etwas erſchrocken).

Nee — ſa' mir ock! — Is wuhr, Mutter? (Frau
Ringel nickt, während ſie ihm einen Schnaps reicht.) Kinder! —
Nu do — inſe gudes Heinerla! — Das werd 'n wull
noch Schmarza macha —! — Wie's deſſa imgiht! hort ock!

Lieſe.

· Ma' kan keene Thire erhal'n. (Ringel geht aufs Stübel zu.)
Juju, lä' dich eis Bette, Vater, werſcht mide ſein.

(Ringel ab.)

10. Scene.

Frau Ringel, Lieſe, Stimme des Förſters.

Frau Ringel.

Wu huſt' b'n be Schmeerſcefe, Mabel? —

(Beide raffen die Röcke.)

Lieſe.

Se is ju bo! (Der Sturm rüttelt an den Fenſtern.)

Frau Ringel.

Nee, nee, hie uba — das is ſchun a bißla Zucht
unb Watter — das! — hier ock! (Sie knieen nieder und
fangen an zu ſcheuern; plötzlich innehaltend.) Was war das? —
D'r Storm?

Liese (fortfahrend).

D'r Wald bonnert. — 's is d'r Storm! (Jn diesem Augenblick hört man auch schon heftiges Pochen. Beide horchen erschrocken auf.)

Frau Ringel (leise).

O verpucht, b'r Ferschter!

Liese (leise zur Mutter).

Was wihl a benn? (Laut, indem sie auffspringt.) Was wär' b'n lus?

Stimme (von draußen).

Jhr habt schon zu?

Frau Ringel (leise, aber aufgeregt gestikulierend zu Liese).

Mir schloofa! — Mir schloofa!

Liese (leise zur Mutter).

Juju! — (Laut.) Fir wan söllta mir b'n noch uf hal'n? — Vater und Heinrich liega lange eim Bette — Mir wascha ock noch de Stube.

Stimme (von draußen).

So — (und einiges Unverständliche, womit sie sich entfernt).

Liese (laut, während sie wieder hinkniet).

Fir dan kinnt' ma' be ganze Nacht ufhal'n — was?!

Frau Ringel
(ohne auf Liese zu hören, vor sich hin, geheimnisvoll).

O verpucht — b'r Ferschter! (Sie starrt knieend vor sich hin.)

Liese (setzt das Scheuern fort.)

(Der Vorhang fällt.)

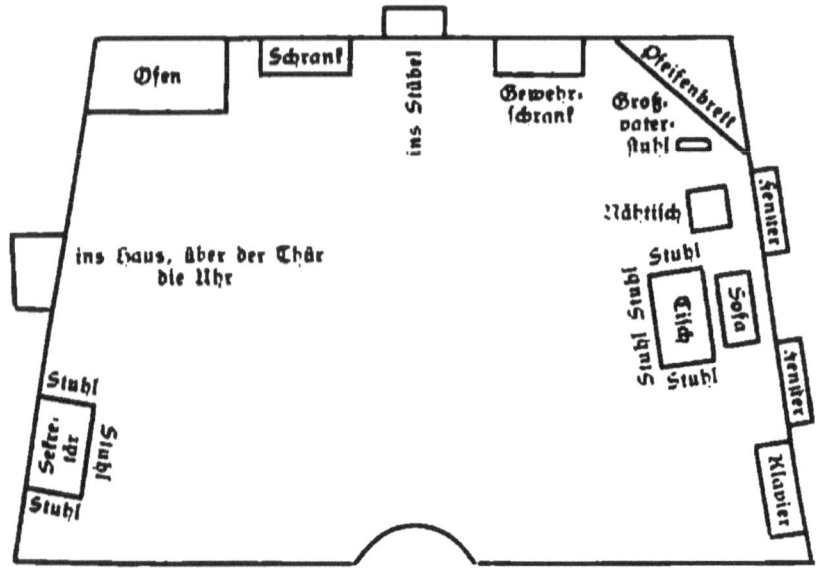

Zweiter Akt.

Forsthaus im Walbe. Die Einrichtung weibmännisch. Hirschgeweihe an den Wänden. Im vorderen Winkel des Sekretärs lehnt eine Jagdflinte. Daneben hängt die Jagdtasche. Auf dem Sekretär liegt ein Totenkopf. Vom Tisch aus ist ein Plättbrett mitten in die Stube gestellt. Der Tisch ist mit Wäschestößen belegt. Neben dem Plättbrett steht ein Korb mit Wäsche. Ueber dem Tisch brennt eine Hängelampe, auf dem geöffneten Sekretär ein Licht.

1. Scene.

Der Förster, Kober, Iba.

(Der Förster sitzt vor seinem Sekretär und hat ein aufgeschlagenes Forstbuch vor sich. Kober steht, dem Förster zugewandt, an der Thür. Iba plättet, das Gesicht gegen den Beschauer.)

Der Förster (hart und geschäftsmäßig zu Kober).

Na also — rasch! — Wieviel Arbeiter waren an der Säuferhöhe? — Ich hab' nicht viel Zeit.

Kober (devot).

Ock achte, Herr Ferschter.

Der Förster.

Es geht mir nicht vorwärts — Schwerenot! — Die paar Meter! — Das kann doch nicht ewig dauern. (Er greift in den Sekretär und nimmt Geld heraus, das er aufzählt.)

Kober.

Nahm' Se's ock nee ungittig, Herr Ferschter. Sahn S' ock, die ahla Kräppe, Angst und Kranz und au' mancher anbre — 's gibt halt doch ni meh', wie bei a Junga. (Er streicht das Geld ein.) 's werd a su richtig sein, Herr Ferschter. (Dann bindet er das Geld sorgsam ins Taschentuch.)

Der Förster (noch schreibend).

Die Klötzer im Grenzgrunde sind nun alle abge= fahren, wie?

Kober.

Ju, ju, Herr Ferschter. Hinte hot Glumm die letzta furtgeschafft.

Der Förster (klappt das Forstbuch zu und schiebt es in den Sekretär).

Brot, Ida — rasch! — und füll die Kornflasche voll! (Er springt auf.) Nach den Feiertagen dingt noch drei Leute mehr, daß wir endlich fertig werden.

Ida (im Begriff hinauszugehen).

Ich sollte dich auch noch an die Holzrechnung er= innern, Vater. (Ab.)

Der Förster.

Ja, richtig. (Er setzt sich und beginnt noch etwas eilig aus dem Forstbuch auszuschreiben.) Ihr nehmt den Zettel noch mit und gebt ihn Zimmermeisters Kutscher, hört Ihr?!

Kober.

Schien, Herr Ferschter.

Der Förster (während er schreibt, lässig).

Und drei Leute mehr für die Säuferhöhe, ver=
standen?! — Warum macht denn Büttner nicht mit —
und der Bruder? — Die melken wohl wieder mal die
grüne Kuh auf eigne Rechnung?

Kober. ·

Franze leit derheeme, Herr Ferschter. A hot an
Fluß 'kriegt. — Aber der August — ju ju — 'r bind't
halt Basa. — Nu, ich wer' mich schun imthun. (Jba kehrt
mit einer Feldflasche und einer Brotschnitte zurück und steckt beides
in die am Sekretär hängende Jagdtasche). Was ich au' noch
sa'n wullte, Herr Ferschter: De Ziegerten mecht' zwee
Meter ha'n. Sie wößta's glee schun — vo' dan Knip=
peln. — 's is schlechtes Gelumpe.

Der Förster (während des Schreibens).

Die Witwe Ziegert? — Gut! — Sie mag sich's
holen. — Noch was? —

Kober (verlegener).

Und hernacher, Herr Ferschter —

Der Förster (energisch während des Schreibens).

Was gibt's?

Kober.

Nahm'n Se's ock nee ungittig, Herr Ferschter —:
Ich muß au' vermelba — duba am schwarza Barge werd
wieder amol gar sihr geräubert.

Der Förster (in wachsender Erregung).

Das auch noch.

Kober.

An ganze Neege Beeme sein weg, vo' ban schiena Buchastanga.

Der Förster.

Prachtvoll!

Kober (ohne Unterbrechung fortfahrend).

Ich kan mir au' denka, war dohie rim sich immer Vurteele schafft dohie. — Aber ma' derf ju erscht nischt sa'n. — Ma' kan se nee iberfihrn — ba kinnt' ma' gar ei Teifels Kiche kumma.

Der Förster
(schiebt plötzlich das Schreiben beiseite und fährt erregt auf).

Tod und Teufel! — was geht das mich an? — Ich komme vielleicht auch in Teufels Küche — (Mit ganzem Nachdruck.) Aber zuerst kommen die andern in Teufels Küche — das rat' ich Euch!

Kober (dumm-schlau).

's wär' wull nee wuhr!

Der Förster (hat sich erregt erhoben, lauernd).

Nun? — Und? — Das wär' wohl alles?! Möchtet Ihr mir nun nicht gefälligst gleich noch mehr sagen — wie?

Kober (zudringlich).

Ju, ju — Herr Ferschter, au' der Herschuchse, der immer eim Grenzgrunde bremmerte —

Der Förster.

Jawohl —

Kober.

Ma' hiert nischt meh'. Se missa 'n au' geschussa ha'n. Se missa 'n au' imgebrucht ha'n.

Der Förster (hohnlachend).

Damit kommt Ihr mir heut! — Hundsfötter — verfluchte! — Bringt das Gesindel her! Ihr habt Eure Pflicht zu thun, verstanden! Zum 'rumsaufen und 'rum= prügeln da oben brauch' ich keinen Waldhüter.

Kober.

Nu ju, ju. Ma' muß amol gehierig ufpassa. (Er steht unschlüssig.) — Das is halt bei ins uba gar an biese Gesellschoft. — Der — (mit einem scheuen Blicke auf Ida) — Sie wissa's schun — der ahle Geserre, — der ahle Ringel a' der Spitze.

Der Förster
(gleichgültig, während er sich schon mit seinen Jagdwerkzeugen zu schaffen macht).

Quatsch! — (Auf den daliegenden Zettel weisend.) Das wird besorgt, — da —! (Zu Ida.) Vorwärts, meinen Rock, Tochter! — (Für sich, während er am Gewehr hantiert.) Ich hab' euch wohl noch nicht genug bewiesen, wer Herr ist im Forst! —

Ida (stellt behutsam das Bügeleisen ab).

Kober (während er den Zettel zu sich steckt, für sich).

Wer wiß, ob nee ernt (etwa) der Junge au' a wing mite macht — mit sen'n Vater!?

Ida (plötzlich in selbstvergessen aufloderndem Zorn).

Ihr frecher Lügner Ihr, Kober!

Kober (gerät in Verlegenheit).

Der Förster
(der unterdessen Patronen aus einem Schube des Sekretärs in die
Jagdtasche gefüllt hat, erstaunt).

Was? — Was redest du da?

Kober (sicherer).

Wer kann das sa'n?

Ida (Kober mit zornigem Blick messend).

Das redet Ihr aus Rache, Kober.

Der Förster (noch immer verwundert Ida ansehend, ruhig).

Was hast du? Mit den Leuten von da oben hast
du was?!

Ida (halb verlegen, halb kühn und übermütig).

Nein, glaub nur so was, Vater.

Der Förster (gleichmütig).

Na — also. Ich dächte auch. (Er rüstet sich weiter
zum Gehen.)

Ida (während sie aufs Stübel zugeht, leichtfertig).

.i nein doch, Vater. Aber es ist doch wahr. (Ab.)

Kober (seine Mütze in Bereitschaft setzend, langsam).

Ta wär' ma' wieder amol der Tumme. (Stille.)

Der Förster
(eilig, sich einiges einsteckend, unachtsam. Dann plötzlich gleichgültig
hart zu Kober).

Auf was wartet Ihr noch? — Daß mir der Zettel
nicht vergessen wird! — Morgen früh um sieben bin ich
an der Heidelehne.
(Ida kehrt mit Vaters Rock in der Hand zurück. Der Förster beginnt, seine Hausjoppe auszuziehen.)

Kober.

Schien, Herr Ferschter! — Schlafa Se gesund, Herr
Ferschter!

(Der Förster hängt seine Joppe an den Sekretär. Ida steht, den
Rock in der Hand, wartend da. Keines von beiden erwidert Kobers
Gruß. Kober ab.)

2. Scene.

Der Förster. Ida. Frau Förster.

(Ida hilft Vater den Rock anziehen. In diesem Augenblick erscheint
Frau Förster im Küchenanzug, wie sie eben ihre Festbäckerei ver=
lassen hat.)

Frau Förster.

Der Kuchen ist bald so weit! (Sie sieht den Förster an.)
Es ist schon halb neun.

Der Förster
(ganz in Gedanken, sich eilig eine kurze Pfeife stopfend. Ida hält
ihm Feuer hin).

Gott, ja.

Frau Förster (vorwurfsvoll).

Aber Mann! — Ich hatte mich doch so darauf
gefreut!

Der Förster.

Was denn nur?

Frau Förster.

Ich weiß nicht, was du wieder hast? — Jede Nacht
— und jede Nacht, es ist schrecklich!

Der Förster (unwillig).

Um Gotteswillen, fang mir nicht damit an — oder —

Frau Förster (plötzlich einlenkend).

Nun nein! Da sei nur nicht erst aufgeregt! — Ich sprech' ja nicht! — (Weicher, nörgelnd.) Du bist doch jetzt keinen Abend zu Hause gewesen! Diese kalten Nächte in deinen Jahren! — Wer dankt dir denn das? — Du schläfst schon wieder seit Tagen keine Nacht mehr ordentlich. —

Der Förster
(hat sich unterdessen Jagdtasche und Flinte umgehangen und die Mütze aufgesetzt, mit Laune).

Da kannst du dir ja die Flinte umhängen, und ich werde mich einstweilen hintern Ofen setzen — (Gutmütig.) Das ewige Gerede! (Er wendet sich zum Gehen.)

Frau Förster (folgt ihm bis zur Thür).

Komm doch wenigstens nicht so spät, Vater! Gestern war's wieder halb drei. (Beide ab.)

3. Scene.

Ida, Lehrer Hoske, dann Frau Förster und Line.

Ida (tritt an den Tisch und zählt die Wäschestücke durch).

Eins, zwei, drei etc. — (Sie legt auch, um die Stöße aus-zugleichen, einiges um. Dann tritt sie lässig ans Fenster, schaut durch die Scheiben und drückt träumend ihre Stirn daran. Mondlicht fällt herein. So steht sie eine Weile. Als es klopft, ruft sie, ohne sich um-zudrehen oder sonst ihre Stellung zu ändern.) Herein!

Lehrer Hoske (tritt befangen über die Schwelle).

Ach, das ist schön, daß Sie allein sind. — Guten Abend, Fräulein Ida!

Ida
(wendet nur ihren Kopf gegen Hoske und sieht ihn groß an, ohne ein Wort zu sagen).

Lehrer Hoske (geht auf fie zu, ihr die Hand zu reichen).

Ich hab' Sie doch nicht geftört, Fräulein Ida?

Ida

(während fie läffig feinen Handfchlag erwidert und fich dann zum
Ofen wendet, um den Bolzen herauszunehmen).

I bewahre! Ich hab' mich nur ein Weilchen ver=
träumt, weil der Bolzen noch nicht glühte. (Sie tritt ans
Plättbrett zurück und beginnt von neuem fchweigfam ihre Arbeit.)

Lehrer Hoske (unruhig).

Sie find mir wohl böfe, daß ich noch fo fpät komme,
Fräulein Ida?

Ida (gleichgültig gedehnt).

N—ei—n—! Warum follt' ich nur da böfe fein?
Das können Sie doch machen, wie Sie wollen. Wir
fchlafen ja noch nicht.

Lehrer Hoske.

Das ift wenigftens nett von Ihnen. — 's ließ mir
wirklich keine Ruhe mehr, Fräulein Ida. — Ich mußte
heut noch kommen, — heute am Vorabend vor Weih=
nachten. —

Ida (gleichgültig).

So, fo! — 's ift wohl barbarifch kalt braußen? —
wie? — Wenn's morgen fo bleibt, haben wir fchöne
Weihnachten! — Es funkelt und blitzt nur alles fo, im
Mondenfchein! — (Sie fetzt das Bügeleifen ab und führt das
Geplättete prüfend nahe vors Auge, zu fich.) Es hat doch nicht
gefengt? Wenn Sie nicht noch kamen, wär' mir mein
ganzer Bolzen verbrannt.

Lehrer Hoske
(etwas aus dem Gleichgewicht gebracht, scherzhaft, weich).

Ja, ja! — Der Weihnachtsmann! — Sie haben wohl von den schönen Geschenken geträumt, die er morgen bringen wird? (Plötzlich sentimentaler.) Ach — ich wünschte mir auch etwas! —

Ida (lachend).

Du liebe Zeit! — Da denken Sie, daran hätt' ich gedacht! — Grade nicht! — Legen Sie doch ab und setzen Sie sich! — Mutter bäckt nur noch draußen. Sie wird wohl auch bald kommen! — Nein — zum Fenster hab' ich 'naus geguckt — weiter gar nichts. — Ein Wind= stoß trieb einen Schneewirbel um die Eiche auf unser'm Plan — wie ein fliegendes Paar sah's aus! ganz so! — Bänder flatterten! — Haare flatterten! — Ich hörte ordentlich jauchzen! — Das war nur so ein dummer Ge= danke! — (Seufzend.) Ach Gott — ja! — (Stille.)

Lehrer Hoske
(hat unterdessen Stock und Hut am Sekretär abgestellt, unschlüssig).

Ja! — Wie hieß nur das Paar? Wer waren denn die beiden?

Ida (ernsthaft, schnippisch).

Das soll ich wissen! Sie kommen ja von draußen — da hätten Sie sie ja fragen können!

Lehrer Hoske (weich).

Wer das nicht wüßte! —

Ida (von oben herab).

Wer das nicht wüßte! — Was soll das heißen?

Lehrer Hoske.

Nun — wenn Sie gleich so'n böses Gesicht machen! —

Ida.

Ich? (Gezwungen lachend.) Woher nur? — Nun bitte, bitte! — da sagen Sie es doch!

Lehrer Hoske.

J — werd' mich schöne hüten.

Ida (flott).

Na also! — (Abwehrend.) Ach! —

Lehrer Hoske (scherzhaft tastend).

Fräulein Ida Sender — und —

Ida (ungezogen).

Nun fangen Sie nicht erst wieder an damit! — Lassen Sie mich gefälligst in Ruh! — Das kann ich für'n Tod nicht leiden.

Lehrer Hoske (seufzend).

Ja — wenn's nicht wahr wäre! — (Neckend.) Fräulein Ida Sender — und —

Ida (hält sich einen Augenblick beide Ohren zu).

Ich höre gar nichts! (Dann legt sie ein Tuch zusammen.) Wissen Sie schon, Vater hat gestern zwei Edelmarder ge= fangen? Die müssen Sie sich mal ansehen! Draußen im Stall, in unserer Eichhörnchentrommel! — Die armen niedlichen Dinger! — Wie sie nun im Engen hin= und herhupfen! — Was sind sie auch so dumm und lassen sich kriegen.

Lehrer Hoske (plötzlich ernsthaft).

Wirklich, Fräulein Ida, ich trage längst was auf dem Herzen. — Ich möchte es Ihnen nun offen sagen, wo wir mal allein sind. —

Ida (gleichgültig ausgelassen).

Allein? Woher nur? Line muß überhaupt die Wäsche wegschaffen. (Sie ruft zur Thür hinaus.) Line! Line! — (Mit einem Blick auf den vollen Tisch.) Ich kann mich hier ja gar nicht mehr rühren. (Line kommt mit einem Korbe, den sie zur Erde stellt und in Gemeinschaft mit Ida mit der Plättwäsche vom Tische anfüllt.) Ich — und dann könnte Ihnen das auch gar nichts nützen. — Allein sein! — Die kleinen flinken Tierchen müssen Sie sich wirklich mal ansehen! (Line den Korb zum Abgehen erhebend.) Neben die Treppe oben, Line, hörst du! Aber ohne Licht — bitte! (Mit anmutiger Schaden= freude über den gelungenen Bubenstreich leichthin singend.) Im Wald und auf der Heide — (Line ab.) da such' ich meine Freude — ich bin ein Jägersmann.

Lehrer Hoske (als Line hinaus ist, während Ida vor sich hinsingt).

Fräulein Ida? Sie wollen mich nicht hören?! Lassen Sie sie, bitte, doch mal einen Augenblick — den Wald und auch die Heide! — Ich hab' wahrhaftig keine Lust dazu! (Er nimmt wieder eine ernste Miene an.) Ich hab' Ihnen schon lange sagen —

Ida (ihm gleichgültig ins Wort fallend).

So — nun machen Sie gar noch ein saures Gesicht, während ich lustig bin. Das ist recht langweilig, finde ich. (Sie singt obenhin.) Halli hallo, halli hallo, mein' Lust hab' ich daran.

Lehrer Hoske (ernsthaft unwillig).

Sie können wirklich kränken, Fräulein Ida.

Ida (plötzlich launisch hart).

Ach, kränken hin, kränken her! — Nein, es nutzt
doch nichts! Ich heirate überhaupt nicht! — Nie! —
Nun wissen Sie es! — Gewiß nicht! — Nun sollen
Sie mich aber auch in Ruh lassen! (Hoske bereitet sich zum
Gehen vor. Ida plötzlich verlegen.) Ich — sag' Ihnen ja —

Lehrer Hoske.

Das hab' ich nicht um Sie verdient, Fräulein Ida!
Wahrhaftig nicht! Aber — natürlich! (Ida sieht ihn fragend
an.) Ich kann mir schon denken, wer dahinter steckt —
natürlich —

Ida (streng).

Was können Sie sich denken? Ich dächte, Sie kön=
nen sich gar nichts denken! — (Ueberlegen.) Sie wollen
mich wohl schrecken? Dummheit! (Sie läßt plötzlich ihre Plät=
terei im Stich, geht auf Hoske zu und sieht ihm dicht in die Augen.)
Hoske, daß Ihr's wißt: ich heirate Euch nicht! niemals!
Grade heraus, wo wir allein sind! So sehr es die Eltern
auch wünschen, ich heirate Euch nicht! (Sie nimmt einen
fast feindlichen Ton an.) Das laßt Euch gesagt sein! —
Woher wollt Ihr wissen, daß jemand dahinter steckt?

Lehrer Hoske (in großer Betroffenheit).

Fräulein Ida —

4. Scene.

Die vorigen und Frau Förster.

Frau Förster (eilt geschäftig zur Thür herein).

Nein — was ich noch sagen wollte, Ida — (Sie sieht Hoske.) Ach — das ist mir lieb, daß Sie da sind! — Der Vater —

Ida (wie im weiteren nervös erregter).

Ich begreife dich gar nicht, Mutter! Du ärgerst doch Vater nur mit dem Gerede! Mutter wär's am liebsten, wenn Vater so 'n richtiger Stubenhocker wäre!

Frau Förster (in vorwurfsvollem Tone).

Ja ja, gib nur deiner Mutter wieder gute Lehren! — Mein Mann ist wieder draußen, Herr Hoske.

Ida (juckt die Achseln).

Lehrer Hoske (kleinlaut).

Nun ja, Frau Förster, der Forst ist weit, der will schon behütet sein!

Ida.

Als wenn du es nicht tausendmal hörtest, wie trotzdem immer wieder neuer Waldfrevel vorkommt. Das ist doch nun mal sein Amt!

Frau Förster.

Das dumme Amt! Wer heißt ihn denn das auch gleich so schwer nehmen? Er hatte ja früher auch sein Amt! — Ach nein — überhaupt! — Wie ich so draußen vor dem Backofen paßte — da fiel mir ein — wie wir jung ver-

heiratet waren! — War das ein Mann! — Was hatt 'r
da für Schnurren im Kopfe! Wie so'n ungezogener Junge!
— Wenn 'r heimkam — die Thür klingelte — ich hatt's
doch gehört — aber 's ist nirgend jemand. — 's klingelt
wieder — ich renn' zum zweitenmal 'naus. — Bis ich'n
oben auf dem Backofen meckern hörte. — Da lag er mit
der Mütze — wie er war — mit Flinte und allem —
lag 'r oben — zusammengekauert — und wollte sich halb
tot lachen. — Du lieber Gott — die Zeit! — (Nörgelnd.)
Er ißt die frischen Kuchen so gern!

Ida (lacht).

Nein, Mutter! Vater kann doch nicht wegen der
Kuchen zu Hause bleiben! Das kannst du doch nicht ver-
langen!

Frau Förster (ohne recht zu hören, zu Hoste).

Ich wollte ja gar nichts sagen — Auch auf den
Jagden! — Der Förster Fuchs meinte erst gestern wieder:
Was aus dem lebenslustigen Sender nur geworden ist!
(Sie versinnt sich.) — Früher! Sie sagen's alle, — 's gab
überhaupt nur einen Sender! Der hielt die ganze Ge-
sellschaft in Atem, da kam man aus dem Lachen gar
nicht mehr heraus. Wo ist denn das heut? Wenn er
heute lacht — wie das klingt! — Aber nach Vater
Senders unglücklichem Ende — damals — ich weiß nicht!
— seit der Zeit ist er wie ausgewechselt. — Da ist diese
Hast! — diese Unruhe — diese Härte gegen die Kolonie-
leute —

Ida.

Ich möchte nur wissen, wie's Vater anders machen soll?

Frau Förster (ohne zu hören, aufgebracht).

Aber — er war immer so — wenn 'r sich mal was in den Kopf gesetzt hat, da ist er nicht mehr abzubringen! — Da läßt er nicht locker, und wenn 'r — ich weiß nicht was? — dabei aufs Spiel setzt.

Ida (schnippisch).

A—ch! Vater wird schon wissen, was er thut!

Frau Förster.

Ist's nicht wahr, Herr Hoske?

Lehrer Hoske (zuckt die Achseln).

Frau Förster (sieht Hoske an).

Was wird's denn nur wieder sein?

Lehrer Hoske (zuckt wieder unschlüssig die Achseln).

Frau Förster.

Dabei ist er wie 's Grab, dieser Mann! — Kommt's mir nur so vor, Herr Hoske? (Lächelnd.) Sie haben doch auch keine rechte Weihnachtsmiene. Sie s a g e n gar nichts!?

Lehrer Hoske (in einiger Verlegenheit).

Ich? A—ch!

Frau Förster (in verändert schmeichelndem Tone).

Es ging vorhin so lebhaft bei euch zu. Was hat's denn gegeben?

Ida.

Ach — gar nichts.

Lehrer Hoske (noch immer verlegen).

Ich wüßte — nicht — wir — nein —

Frau Förster (mit stillem Verständnis lächelnd).

Ich will mich nur gleich noch 'n bissel zurecht machen. Habt ihr euch etwa wieder mal gestritten? — Seid ihr Kinder! (Resigniert, indem sie aufs Stübel zugeht.) Nein, nein, der Vater muß was haben. Er muß wieder 'ner Sache auf der Spur sein. (In der Thür des Stübels.) Ist Ihnen schon was zu Ohren gekommen, Herr Hoske, daß Ringel — der alte Ringel, — so —?

Lehrer Hoske.

Ach, Frau Förster, wenn alles wahr wär', — mein Gott! — was da oben alles geredet wird! —

Frau Förster.

Der Kober sagte mir —

Ida (in ausbrechendem Zorn).

's hört gar auf, Mutter! Horch nur darauf, was dieser tück'sche Kerl quatscht. Ich hab's ihm aber auch vorhin vor Vater ins Gesicht gesagt. Denkst du, daß Vater überhaupt noch darauf hört, was er redet!

Frau Förster (mit einigem Humor).

Nun, sein Sie nur nicht gleich ungnädig, Fräulein Tochter! (Zu Hoske in begütigendem Tone.) Ich weiß ja, sie kann ihn nicht ausstehn, den Kober.

Lehrer Hoske.

Er hängt auch wirklich allen was an, Frau Förster.

Frau Förster (in der Thür des Stübels).

Gott ja! das mag ja sein! — Ich will nur rasch machen! Ich bin gleich wieder da. (Ab ins Stübel.)

5. Scene.

Ida und Lehrer Hoske.

Ida
(tritt in heftiger innerer Erregung an Hoske heran und sagt leise und wie bittend).

Hoske! (In gesteigerter Erregung.) Ihr mögt nun alles wissen — meinetwegen! — Niemand hier im Hause ahnt die Sache — weder Vater noch Mutter! Niemand wird wagen, es Vater oder Mutter ins Gesicht zu sagen! — Ihr mögt nun wissen, daß jemand dahinter steckt —: einer, den Ihr kennt! — Ich vertraue Euch, Hoske, — aber wehe, wenn Ihr uns verratet! (In diesem Augenblick hört man Tritte vor den Fenstern.) Doch nicht der Vater? (Sie horchen beide. Die Hausthür geht. Hoske macht sich zum Gehen bereit.) Wahrhaftig — der Vater! (Da geht die Thür auf.)

6. Scene.

Die vorigen und der Förster.

Der Förster
(tritt müde und wie im Traumwandel herein; als er Hoskes Vorbereitungen zum Gehen bemerkt, bleibt er sprachlos und versonnen stehen und sagt dann lässig).

Nun? — und Sie?

Lehrer Hoske.

Ich bin schon den ganzen Abend hier, Herr Förster.

Der Förster (indem er auf die Fenster weist, noch immer wie vorher).

Zieh die Vorhänge zu, Tochter! (Vor sich hinstarrend mit aller Bestimmtheit, aber wie für sich.) Sie bleiben.

Lehrer Hoske.

Aber ich bin wirklich nicht in der Stimmung.

Ida

(die unterdessen die Vorhänge zugezogen und abgeräumt hat, verstohlen eindringlich zu Hoske).

Bleiben Sie doch, Hoske. (Sie will mit Korb und Plätt= brett hinauseilen.)

Der Förster (der sich nun an seinem Gewehr zu thun macht, lebhafter).

Mach Grog, Ida! — Mach 'n stark! Mich friert! (Ida ab.) (Wieder ins Brüten verfallend.) Ach was! (Er nimmt phlegmatisch die leeren Patronenhülsen aus dem Gewehr und wirft eine nach der andern mit Nachdruck vor Hoskes Augen in den Kohlen= kasten.) Der Grog wird Ihnen schon Stimmung machen! (Lacht vor sich hin.) Keine Stimmung! (Dann wendet er sich energisch zum Sekretär, um Jagdtasche und Flinte abzulegen, wobei er einigemal mitten in einer Bewegung einhält und in sich hinein= horcht.)

Frau Förster (kehrt ins Zimmer zurück, freudig).

Nein, Mann — ich glaube gar! Du bist schon wieder da! —

Der Förster (unachtsam für sich).

Wahrhaftig ja! — Das ist diesmal schnell gegangen! (Er lacht kurz für sich auf.)

Frau Förster.

Nein, nein — das freut mich aber! — Nun bleibt Herr Hoske noch 'n bissel gemütlich bei uns! (Sie kramt in ihrem Nähtisch.) Setzen Sie sich, Hoske.

Lehrer Hoske (während er unschlüssig ablegt).

Gott, Frau Förster! — Ich m ü ß t e eigentlich gehen — wirklich!

Frau Förster (hat einen Arbeitskorb auf den Tisch gestellt).

Ach woher! — Nun plaudern wir noch 'n Weilchen, Herr Hoske. (Im Begriff sich in die hintere Sofaecke zu setzen, bleibt sie stehen.) Oder wie wär's, wenn wir noch was vierhändig spielten? — 'n hübsches Weihnachtslied!?

Der Förster
(macht sich noch immer mit seinen Jagdwerkzeugen zu schaffen, versonnen).

Lehrer Hoske (nimmt am Tisch Platz).

Ida (tritt mit einem Teller Kuchen, Gläsern ꝛc. zur Thür herein).

Der Förster (zu Frau Förster, auffahrend).

Alle Teufel! laßt mir das Gewinsel, Mutter! (Er tritt in die Mitte des Zimmers.)

Frau Förster (unwillig).

Aber Mann! Nun sehen Sie mal, Herr Hoske! Was soll man da sagen? (Sie setzt sich in die hintere Sofaecke und beginnt mit einer Handarbeit.)

Ida (stellt unterdessen das Geschirr auf den Tisch und schenkt ein).

Der Förster
(wieder ganz versunken, vor sich hinsehend, halblaut für sich).

Gottswetter! — Mir klingt's noch in den Ohren. (Unvermittelt.) Nun wollen wir mal lustig sein — Hoske! (Er tritt an den Tisch.) wie?

Lehrer Hoske (mit Galgenhumor).

Nun meinetwegen, Herr Förster! — Ich hab' ja wahrhaftig auch allen Grund dazu.

Der Förster (rauh).

Was für 'n Grund? — Mach das Hofthor zu, Ida.

Ida.

Es ist zu, Vater.

Der Förster (versonnen).

Geh bald, hörst du! Es könnte uns jemand (Er hat Ida mit dem Blick verfolgt.) — Was für 'n Grund, Hoske? (Lebhaft und eindringlich.) Was fiel dir eigentlich ein, Tochter?

Ida.

Was denn, Vater? — Ich —

Der Förster.

Vorhin? wie Rober hier war? — Wen wolltest du verteidigen? (Heftig.) Willst du etwa ins Gerede kommen? (Ida steht errötend und unschlüssig da.)

Frau Förster.

Nein, nein, Mann — nun thu mir die Liebe! —

Lehrer Hoske (eifrig).

Sie wissen selbst, Herr Förster, der Kerl, der Kober hängt jedem was an! Das wäre wirklich —

Der Förster (hat sich am Tisch niedergelassen).

Ach — trinken Sie, Hoske!

Ida (steht noch einen Augenblick unschlüssig, dann ab ins Haus).

Lehrer Hoske (eifrig).

Nein wirklich, Herr Förster, was recht ist, muß recht bleiben. (Er trinkt.) Das wäre ungerecht, wenn —

Der Förster (aufgebracht auffahrend).

Ich — ungerecht? Wie? — Ihr kennt sie nicht! Laßt mich mit der Sippe in Ruh! — Ihr fühlt nicht, wie sie den Forst bestehlen und bemorden! Ich bin der Forst! Ich fühl's. (Er fällt einen Augenblick in sich zusammen, dann lebhaft.) Ihr pflanzt ihn nicht! und pflegt ihn nicht! Der Vater hat ihn gepflanzt! Ich hab' ihn gepflanzt! (Gleichsam wie vor sich hinplaudernd.) Dumme Jungen ABC lehren, das ist einfacher, als den Forst groß ziehen! — (Groß.) O, ich halte die Hand über den Forst! Was weg ist, ist weg fürs Leben! fürs Leben! Wissen Sie, was das heißt? — Das ist mein Tagewerk! — Nein, die denken, die grüne Kuh melken, das schafft warme Stuben. Mag doch der Förster sehen, wo er bleibt! — (Er horcht gespannt.) Kam nicht jemand?

Frau Förster.

Wer sollte denn noch kommen, möcht' ich nur wissen!

Der Förster (als Ida eintritt, finster starrend).

Sie sollen nur kommen!

Frau Förſter (ſchroff).

Nun, ein Wunder wär's wirklich nicht, wenn dich
die Leute —

Der Förſter.

Haſſen! haſſen! Sie mögen mich nur haſſen! Das
mag dir nicht gefallen! (Heftig.) Mir auch nicht! (Er trinkt.)

Lehrer Hoske (beobachtet den Förſter).

Ida (hat ſich an den Tiſch geſetzt und beginnt eine Handarbeit).

Frau Förſter.

Trinken Sie nur, Herr Hoske!

Lehrer Hoske.

Schon gut, Frau Förſter! — Ich halt' mich ſchon dazu.

Der Förſter (heftig gegen Frau Förſter, ohne auf Hoske zu hören).

Mir auch nicht, Mutter! Mir ganz und gar nicht!

Frau Förſter.

Ach Gott, Mann! — (Reſigniert.) Eſſen Sie auch 'n
Stück Kuchen, Herr Hoske! (Sie ſchiebt ihm den Kuchenteller
hin. Hoske achtet nicht darauf.) — Nun biſt du wieder beleidigt,
weil ich —

Der Förſter (in ſich hinein).

Ja ja, ſie mögen mich nur haſſen! — Sie kennen
doch die Stelle, Hoske! (Plötzlich lachend.)

Lehrer Hoske.

Wo meinen Sie denn, Herr Förſter?

Der Förster.

Oben, wo die Chaussee die Grenze passiert — dreihundert Schritte rechts an der Schonung entlang —

Lehrer Hoske.

Freilich — gewiß.

Der Förster (hart).

Ich war noch 'n junger Kerl. — Es steht jetzt ein Horst Buchen dort! — (Lebhaft.) Da stand ein prachtvoller Ahorn! mehr wie hundertzwanzigjährig — damals — (Mit ganzem Nachdruck.) Ich denke, mich soll gleich der Schlag rühren! mein Baum ist weg! mein Ahorn ist weg! Der Krieg war gerade erklärt — 60 — (Auflachend.) Na, daß ich Kraft hatte — Gottsdonnerwetter! — mit den Kerlen in der Kolonie und über der Grenze! Du liebe Zeit! Das wäre traurig! — (Haftig.) Ich nach! — Ich komm' hinüber — zum Schulzen; wo die Spur endete, wußt' ich — und gesagt: Der und der hat mir meinen hundertjährigen Ahorn gestohlen. Herr Bürgermeister, ich will mein Recht. — (Verbissen.) Sie kannten mich! — alle! — das ganze Dorf — der Bürgermeister an der Spitze! (Emphatisch.) Also! — (Rasch und mit verwandeltem Tonfall, als wenn ein andrer spräche.) Aber ich bitte Sie um Jesu Maria willen, wo denken Sie denn hin, Sender? Der Krieg ist erklärt! Es ist gar nichts zu machen. Die Erbitterung ist unheimlich. — Ueber alles, thun Sie mir die Liebe! Sehen Sie lieber, wie Sie fortkommen und lassen Sie Ahorn Ahorn sein! (Verächtlich.) Das wird wohl nicht so schlimm sein! — (Fest.) Ich will mein Recht! — (Haftig fortfahrend.)

Ich setzt' es durch; wir gingen zu unserm Aubiat, kriegten den Kerl gleich am Kragen. — (Lässig.) Das übrige war ja nicht meine Sache. — Dann ging ich ins Gasthaus, trank 'ne Flasche und aß was. — 's war gegen Abend! — (Hohnlachend und immer erregter.) Nun, was meinen Sie? Da haben sich doch unter dessen die Dorfkerle, die ganzen jungen Kerle, zusammengethan — die Geschichte hatte sich wie ein Lauffeuer verbreitet —, und sie erwarteten mich. — Ich hörte schon ihr Johlen! I da, denk' ich, johlt nur! Ich werd' euch bejohlen! — (Lacht wirr.) Und der Walzel! — Er hätte beinahe geflennt! — (Eine weinerliche Mannesstimme nachahmend.) Aber Herr Förster! Sie werden doch jetzt nicht! Sie kommen ums Leben! Wenn Sie einen Schritt hinausthun, Sie kommen ums Leben! (Stolz und düster.) Dann trat ich vor die Thür. — (Mit ganzem höhnendem Nachdruck.) 's war wirklich schön! — 's war dunkel geworden, aber sie hatten mich doch gleich erkannt. — (Mächtig.) Ich sage: „Ich bin der Förster Sender. Daß ihr's wißt! — Hier hab' ich meine Flinte. — Nun hört mal: knack! knack! Beide Hähne sind gespannt! — Beide Läufe sind geladen! — (Immer wütender.) Wer etwa nicht glaubt, daß ich schießen kann, der braucht bloß zu kommen! Immer kommt! Der erste, der kommt, ist 'ne Leiche! — Der zweite kann sich dann gleich daneben legen! — (Voll Zorn und Hohn gellend.) Nun kommt nur, kommt! — Immer schickt den ersten!" — Damit ging ich meiner Wege. — Alle folgten Schritt um Schritt! Niemand wagte sich vor. — (Hohnlachend.) Natürlich, keiner wollte der erste sein. — (Hart.) Sie kannten mich! — (In loderndem Zorne.) So ging's bis zu meiner Grenze. Hier stellt' ich mich in Positur; — 's war Nacht geworden, aber der Mond schien

— und sagte: (Vor sich hinstarrend, als wenn er seine Feinde vor sich hätte, und vor Wut schäumend.) „Und wer nur noch einen Schritt weiter thut, — dem ist das letzte Brot gebacken!" — (Er starrt vor sich hin. — Stille. — Unheimlich.) Sie sollen nur kommen! — (Gleichgültig.) Du vergißt uns, Ida! Du siehst doch, Hoske hat auch ausgetrunken!

Hoske (dem Ida eingießt).

Nein, nein — ich danke. Es wird mir wirklich sonst zu viel!

Der Förster.

Bin ich etwa feige gewesen? — Wie?

Frau Förster.

Ach nein, was das doch für schreckliche Geschichten sind —!

Ida (die wieder handarbeitet).

Was ist denn da Schreckliches, Mutter? Das hat doch Vater ganz recht gemacht!

Der Förster (finster zu Hoske).

Hoske! (Er weist auf Ida.) — Warum heiraten Sie denn nicht? (Ida beobachtend.)

Lehrer Hoske (in einiger Verlegenheit).

Aber Herr Förster, einer allein kann doch nicht heiraten!

Frau Förster.

Nein aber, ich weiß nicht — wie du nur heute 'rumspringst!

Der Förster (finster).

Sie haben keinen Mut, Hoske! Warum heiraten Sie denn nicht Ida? — (Lauernd.) Was, Ida?

Hauptmann, Waldleute.   5

Ida (in einem innern Kampf).

Vater —

Lehrer Hoske.

Keinen Mut? (In Verlegenheit auf Ida blickend.) Vielleicht
hatt' ich keinen Mut — Herr Förster! Aber Fräulein
Ida mag mich wohl auch nicht —!

Der Förster (lebhaft).

Ida mag Sie nicht!? Sie will wohl lebig bleiben?!
Will sie etwa so 'n Kerl aus der Kolonie heiraten? Ich
glaube immer! (Plötzlich aufgebracht, auffahrend.) Nein —
das könnte mich geradezu wütend machen — ich möchte
nur wissen, wie du darauf kamst, Ringel=Heinrich zu ver=
teibigen?, Diese Kolonieerle —

Frau Förster.

Fang nur nicht wieder davon an, Mann! Ich dächte,
damit wären wir nun zu Ende. —

Hoske (unschlüssig).

Ich meine, Ringel=Heinrich — Herr Förster — (Er
lächelt verlegen.) ist doch nicht mit den andern zu verwechseln.

Der Förster (versonnen, während ihn Ida scharf beobachtet).

Ja ja! 's ist 'n Kerl bei der Arbeit! — seit 'r
zurück ist! — Kraft hat er! — (Plötzlich wegwerfend.) A —
's ist im Grunde einer wie der andre. — Wer nicht Holz
stiehlt, wildbiebt. — Man muß ihnen das Handwerk
legen! — Da könnten wir weit kommen! — Kein Vogel,
kein Stück Wild, womöglich kein Baum — nichts ist sicher.
— Der Graf ist viel zu gut! — (Unheimlich.) Da halt'
ich meine Hand drüber — und wehe, wer sich erdreistet,

die Hand danach zu rühren! — wehe! Die Wohlhabend=
sten und die Aermsten! — Ja ja. (Plötzlich ganz selbstver=
gessen halblaut für sich.) Ich hatte mich schon längst darauf
gefaßtgemacht! Gut, daß er kam. — J — wenn ich nicht
noch schlauer war als er, da hätt' er mich am Ende gar
noch betölpelt, der Fuchs!

Frau Förster (unruhiger).

Aber, um Gottes Willen! Was redest du denn? —

Der Förster (tief und düster).

Was hab' ich geredet? — Was wißt ihr? — Habt ihr
ihn gesehen, wie er dalag — ? — mein Vater? — Habt
ihr die Spuren im Boden gesehen — wie er sich hatte an
den Bach zerren und krallen wollen — angeschossen, wie
er war? — und er in der Sommerglut doch verschmachten
mußte, weil der Weg zu weit war — und keine Hilfe
kam. — Habt ihr's damals gesehen? —

Frau Förster.

Ach Gott, Vater, das entsetzliche Bild — das muß
man doch — nicht immer wieder wecken! —

Der Förster.

So! — So! — Na also! — Das merkt euch, die mich
hassen! — Ach was! — Stehlen und Räubern im Forst!
— Das ist doch mir egal. — Das wär' doch mir egal!
(Er trinkt.)

Frau Förster (seufzend).

Ja — ja — Herr Hoske! — Ach, so ein Leben!

Ida
(die über der Arbeit gebeugt gesessen, wirft Mutter einen vorwurfs=
vollen, ängstlichen Blick zu).

Mutter!

Der Förster (kühn).

Leben! — Wer will leben?! — Dann hat mir
mancher von denen Rache geschworen. — Da heißt's sich
entscheiden! — Da kann man nicht ewig hin und her
schwanken. — (Immer erregter mit wirrem Hohnlachen.) Wie
ich meinen ersten Wilddieb schoß — den Haube! —
Wenn ich das Förschterluder treffe, dem schneid' ich 's Herz
aus'm Leibe, hatt' 'r gesagt. — (Als wenn er den Kerl vor
sich hätte und mitten im Erlebnis stünde; ohne weiter auf die Um-
gebung zu achten.) Da — einmal —: ich will 'n Hirsch-
wechsel beschleichen. — J — was! — da! — unten in der
Schlucht — da steht unten jemand, das Gewehr im Anschlag, und wartet auch auf meine Hirsche. Ich konnte
genau sehen, daß er den Hahn gespannt und ein rotes
Kupferhütchen aufgesetzt hatte. — Nun ruhig Blut, Sender! — und erkenne meinen Freund Haube. — Gottsdonnerwetter! mir stieg das Blut zu Kopfe! — Jetzt aber
ruhig stehen! — Er wendet sich um, und kommt den Berg
empor. — Ich lege mich in den Anschlag und warte. —
Ja freilich, jetzt seh' ich's ganz genau: Haube! (Hastig.)
Nun, guter Freund, kannst du — Ich Esel! (Er schlägt sich
mit flacher Hand gegen die Stirn.) — Weil ein fetter Buchen-
zweig ihm grade über die Brust gleitet, fährt mir's durch
den Kopf: Kommt der Fuchs, da kommt er! Dabei mocht'
ich jedenfalls mit dem Fuß im Sande leise geknirscht
haben. — Diese Schleicher hören ja Fliegen laufen! —
Er sieht plötzlich in die Höh' — sieht in meinen Lauf —
ein Gesicht des bleichen Schreckens! so was hab' ich mein
Lebtag nicht wieder gesehen — und wie eine Eichkatze
springt er im nächsten Augenblicke auch schon ins Dickicht.
— (Lodernd.) Ach was! Du sollst mir das Herz nicht

mehr aus dem Leibe schneiden! — pardautz, pardautz!
— (Nach einer Weile finster in sich hinein murmelnd.) Ich sah
ihn nur noch ins Dickicht fallen, dann ging ich meiner Wege. —

Frau Förster (starrt ganz erschüttert auf Vater, jammernd).

Ach Gott nein! — so was Grausiges! —

Lehrer Hoshe (und) **Ida** (starren ebenfalls vor sich hin).

Der Förster (finster, ohne weiter zu hören).

Ich machte mir Skrupel, weil ich ihn in der Flucht
geschossen. — Aber der Kerl kam davon! Er lag drei
Wochen schwer danieder, aber er kam doch davon! —
Die haben ein zähes Leben. — Dann hat er noch drei
Jahre gewildbiebt. — Zuletzt hat er sogar noch einen
Förster angeschossen. (Höhnend.) Man soll sie wohl noch
schonen? — (Hart.) Unsinn! Was will man denn machen? —
Der Kerl tritt einem vor die Augen — (Lebend.) Ich bin
nicht bleich geworden! — Ach was, (Voll Zorn.) kommt mir
nicht ins Gehege! — Aber sie kommen — die Lumpen!
— Dann heißt's Auge um Auge, Zahn um Zahn! —
wer liegt, der liegt! — Das soll mich nicht scheren! —
gar nicht! — gar nicht! — (Er versinkt in Brüten.)

Frau Förster (ängstlich jammernd).

Was denn nur?

Ida (erhebt sich und tritt vor Vater, entschlossen und hastig).

Vater, was ist passiert?

Frau Förster (jammernd).

Was denn? — Mann? Du bist so aufgeregt! —
So kenn' ich dich gar nicht!

Lehrer Hoske (leiser).

Seien Sie nur nicht ängstlich, Frau Förster!

Der Förster (finster).

Was soll passiert sein! Was alle Tage passieren kann. (Er sinkt ganz in sich zusammen.)

Frau Förster (in leisem Jammer).

Ach!

(Eine lange Weile lautlose Stille.)

Lehrer Hoske (erhebt sich leise).

Ich möchte wohl doch gehen, — jetzt — Herr Förster.

Der Förster (hört nicht).

Ida (in fast bittendem Tone zu Hoske, leise).

Ach — wollen Sie schon gehen, Herr Hoske!

Lehrer Hoske
(spricht leise mit den Frauen, dann nimmt er Hut, Rock und Stock und tritt nochmals zum Förster).

Gute Nacht, Herr Förster!

Der Förster (ohne sich zu rühren, hart).

Gut' Nacht!

Lehrer Hoske
(mit schweigsamem, nochmaligem Kopfnicken zu den Frauen ab).

Frau Förster (während sie ihre Handarbeit zusammenlegt).

Warum bist du nur so?

Der Förster (heftig auffahrend).

Wie bin ich? — Ich bin wie immer! — Schert euch ins Bette!

Frau Förster.

Die schrecklichen Geschichten haben dich so aufgeregt. — Wenn du nur bloß ruhig wärst! (Sie nickt Ida zu und geht ins Stübel.)

Ida (tritt schüchtern an Vater heran).

Vater! — (Unschlüssig.) Gehst du nicht auch ins Bett, Vater?!

Der Förster (milder).

Geh!

(Ida geht ab, nachdem sie noch eine Weile unschlüssig in der Thür gestanden.)

Der Förster

(ballt, nachdem er eine Weile vor sich hingestarrt hat, plötzlich die Faust und stößt hart und unheimlich hervor).

Tod und Teufel! — Mich sollen die bleichen Schurken nicht bethören — Vater — wie dich!

(Dann starrt er wieder vor sich hin; man merkt, daß er tief bewegt ist.)

7. Scene.

Der Förster, Ida, zuletzt Frau Förster.

Ida (in halbgelöstem Kleide tritt leise herein und zagend hinter Vater).

Vater — ich komme dir sagen —

Der Förster (hört nicht).

Ida.

Vater —

Der Förster (weich).

Du kommst! — Komm! (Er erhebt sich und zieht sie an sich.) Komm! meine Tochter!

Ida (in verlegener Scheu).

Vater —

Der Förster (sich besinnend).

Wegen was kommst bu? — Du heiratest Hoske nicht? — Ist benn nicht etwa wahr, was ber Rober ... — Nein — nein — gewiß nicht! — (Heftiger.) Du heiratest Hoske nicht? — (Dringlich.) Hast bu mir weiter nichts zu sagen? — gar nichts?

Ida.

Ich hätte wohl, Vater, — ja —

Der Förster (in großer Erregung, schreit).

So sag mir's! — Sag mir's, baß es wahr ist! — baß meine Tochter zur Wildschützenhure geworden ist! —

Frau Förster (erscheint in einem, in ber Hast umgeworfenen Tuche).

Um Gotteswillen, was benn? — Ida?

Ida (unerschrocken).

Heinrich ist ehrlich, Vater. —

Frau Förster (jammernb).

Ach Ida! — Mann! — Vater! — Komm boch zur Besinnung! — Vater!

Der Förster (in heftigstem innerem Kampf).

Zur Besinnung! — Ja, ja! — jetzt komm' ich zur Besinnung! — Ich wollte es nicht glauben; — ich konnt' es boch nicht glauben, baß sie mich so hinterginge! — (Zerrüttet.) Ach, Mutter — Aug' um Auge! Zahn um Zahn! Heinrichs Vater liegt im Dickicht braußen — unb ist vielleicht schon verreckt.

(Ida bricht lautlos zusammen, Mutter über sie gebeugt. Der Vater starrt vor sich hin.)

(Der Vorhang fällt.)

———

Dritter Akt.

Grabstätte der Kolonie, etwa in der Längsmitte des Ortes, etwas hügelig am Waldsaum gelegen. Sie wird zur Linken und teilweise gegen die Tiefe von Fichtengehölz umfaßt, sonst ist sie ohne Umfriedung. Tiefer sieht man einige verstreute Hütten und verbindende Fußpfade, auch ein Stück Landstraße. Im Hintergrunde dehnt sich der Gebirgskamm mit am Fuße vorgelagertem Waldgürtel. Es ist ein sonnig glitzernder Wintertag, die Erde in tiefen Schnee gehüllt, nur die Bäume haben den Schnee abgeschüttelt.

1. Scene.

Der Pastor. Hoske. Frau Ringel. Kaulich. Kranz. Angst. Laban.

(Um Ringels Grab, das ganz links in der Waldecke in etwa zwei Drittel Tiefe des Vordergrundes liegt, stehen rechts der alte Pastor, um ihn eine Schar Knaben unter Lehrer Hoske, dann in weiterem Bogen die männlichen und weiblichen Grabebegleiter, unter anderen auch Kober, Kaulich, Kranz, Angst, Laban, links mehr nach vorn Frau Ringel, Heinrich, Liese.)

Der Pastor.

Ein drohendes Wort — wenn wir wähnen — hier
unten mit unserm Irren und Drängen sei's ganz und
gar zu Ende; — wie der Halm, der der irdischen Scholle

entkeimt und wieder Staub wird — und dann ist er
tot. — Ein lockendes Wort — denen, die glauben, daß wir
hier streben und suchen, dort aber finden, was uns heilt und
erlöst und ganz in Reinheit auferbaut. Denn wir sind — —

(In die Trauerversammlung kommt eine leise Unruhe. Einige von
den Erwachsenen, die am weitesten rechts stehen, tuscheln. Einer blickt
mit langem Halse nach rechts und späht. Auch der Pastor stockt
einen Augenblick. Es tritt jedoch sofort wieder Ruhe ein.)

Der Pastor.

— denn wir sind allzumal Sünder, und mangeln des
Ruhms, den wir an Gott haben sollen. — Ihr weint
um ihn! —

(Die Blicke der Leidtragenden richten sich dabei auf die Familie Ringel.
Frau Ringel und Liese brechen von neuem in Schluchzen aus. Heinrich blickt bleich und regungslos vor sich hin. Nun hört man
plötzlich deutlicher unbestimmte Rufe in der Ferne.)

Ein alter Mann (vorn leise zu seinem Nachbar).

's werd doch ne ernt wieder was lus sein — unba? —
Was? (Von neuem Unruhe.)

Der Pastor
(ist, trotzdem er einen zweiten Augenblick gestutzt hat, doch fortgefahren).

Er war euch ein treuer Gatte — und Vater. Weint
um die Trennung einer flüchtigen Zeit!

(Nun unterscheidet man deutlich den Ruf „Feuer!" — Sichtlich von
Munde zu Munde geht das Wort „Feuer!")

Einer
(in einer Gruppe Männer, die sich gleich rechts gebildet hat).

O Jes's! — saht ock! — dan Rauch! — ein Niederburfe! —

(Von Mund zu Munde geht: „Ein Niederburfe!" Alles blickt, bis auf den Pastor und die nächsten Leidtragenden, die nur wieder einen Augenblick stutzen, nach rechts. Im nächsten Moment scheint es beinah, als ob alles in Auflösung begriffen wäre, denn die Leute aus dem Niederdorfe verlassen einzeln und in Gruppen eiligst — mit dem Bemühen, Geräusche möglichst zu vermeiden — den Kirchhof. Was die Forteilenden sprechen, in gedämpftem Tone.)

Die Ersten (die abgehen nach rechts).

Ju ju! ein Niederburse — im be Schmiede! (Ab.)

Ein anderer (hastig).

Feuer! kommt ock! 's gieht doch nee anbersch!

Saulich (im Abgehen zu Rober).

Ich ducht', mir warn nu hie bahle fartig — und kinnda dann ees trinka! Do gibt's schun wieder lus.

Rober.

Das is wieder an su 'ne Weihnachtswuche — das! — 's gieht gar verwerrt zu — hie uba. (Beide ab.)

Laban (neben Kranz und Angst, die auch fortbrängen).

Meine Gitte! Blei't ock! 's leeft euch nee bervone — das Augablickla! — Jemersch — wenn au bie vo unba gihn —

Angst.

Aber — a Feuerla! o Jes's! — 's is wetter uba — da mechta mir wull au' nee irscht no lange stihn — und zuhiern — bohie — kumm, Kranz!

Kranz (während er mit Angst forthumpelt).

's läßt 'n doch noch ein Grabe keene Ruh — Ningeln — (Beide ab.)

Laban (leise zu einer der zurückgebliebenen Frauen).

Se kinn' nee erscht an Tuta begraba — dahie. Aber 's muß a tichtig Bränbla sein —

Die Frau.

Nu bo! — o Jes's! — Sich ock — dan Rauch!

Der Pastor

(der sich, sobald er den Feuerlärm gemerkt hat, ohne weiter acht auf die Unruhe der Forteilenden zu nehmen, sofort wieder in seine Rede vertieft hat, hat unterdessen gesprochen).

Das Grab ist des irdischen Lebens Markstein — nicht der ewigen Liebe! — Was ist die Zeit? — Ich frage euch: Was ist die Zeit? — Ueber ein kleines — und diese Thränen sind nicht mehr! — Leib ist Moder! — wir sind nicht mehr! — unsere Schmerzen sind nicht mehr! — und die Herrlichkeit ist angebrochen. — (Außer dem Pastor und den nächsten Leidtragenden ist nun nur noch Lehrer Hoske mit der Mehrzahl der Knaben, Kranz und einige Gruppen Frauen am Grabe zurückgeblieben. Bei den letzten Worten des Pastors kehrt völlige Stille in die Versammlung zurück.)

Der Pastor.

In dieser Gewißheit begraben wir den Leib! Erde zu Erde! (Er wirft jedesmal eine Handvoll Erde ins Grab.) — Staub zu Staub! — Asche zu Asche! — und harren der Verheißung. Amen! (In die Versammlung kommt neue Unruhe. Einige recken die Hälse.)

Eine Frau (abseits zur anderen).

Nu is alle! — nu kinnta mir au' gihn!

Eine zweite.

Saht ock! — das muß a tichtig Feuerla sein — ein Niederburse —

Eine andere (hinzutretend).

Weeß Gott! Ringeln ginnt's doch noch ein Grabe kenn Ruh'.

Der Pastor.

Laßt uns stille beten!

(Es tritt von neuem Stille ein. Alles scheint sich wieder zu ver-
tiefen. Nur)

Eine Frau (abseits zur Nachbarin, gedämpft).

Mir mechta au' amol hiesahn — was?

Die Nachbarin.

Was wöllta mir b'n bo unba? — Mir kinn'n doch
au' be Ringeln ni gar alleene lo'n, — zum wingsta
bis der Paster furt is. — Gelt? (Sie beten wieder.)

(Die Schulknaben sind zuerst mit Beten fertig, blicken in die Runde
und beginnen sich in Gruppen zu drücken. Der Pastor tritt, sobald
die Erwachsenen ihr Gebet beendet haben, auf Frau Ringel zu und
reicht ihr die Hand. Liese steht daneben. Wenige Frauen und Knaben
scharen sich neugierig darum zu einer Gruppe. Heinrich steht allein
links am Grabe. Laban steht für sich überlegend rechts abseits.
Ebenso drei jüngere Frauen.)

Frau Ringel (bricht vor dem Pastor von neuem in Thränen aus).

's is ock a zu a schwarer Schlag — Herr Paster,
zu schwar!

Der Pastor (redet ihr zu).

Gottes Wege sind wunderbar — liebe Frau Ringel.
(Er spricht leise in sie hinein.)
(Aus der umstehenden Gruppe verliert sich im Folgenden eins nach
dem andern, bis auf zwei Frauen.)

Eine von den Frauen (abseits, in gedämpftem Tone).

De Ringeln thut gar sihr.

Die zweite.

Jemersch — ebens — was ha'n b'n bie fir Ruth?
Se sein ock eim warma Bette zum Fanster 'nausgefleu'n
— bie beeba Frauvölker — das thut ni gar wih! —

Die dritte.

Se hot ju noch ihr eenzigstes Heinerla! Was?

Frau Ringel (laut weinend zum Pastor).

Niemand wiß, wie gutt a war — niemand —

Eine Frau (in der Gruppe rechts leise zur andern).

's Böcklaschissa vergißt se —

Die zweite.

Der Ferschter is doch au' nee kumma — was?

Die erste.

Nee — er werd an Wildschitza mite eibatta halfa, —
luß d'r ock heemgeiga! 's wär' wull gar! —

Die dritte (geheimnisvoll).

's werd wull was geha't ha'n — mit 'n Ferschter —?
's is gar rasnig risch 'ganga, — was?

Laban (tritt zu den dreien).

Meine Gitte, was Genaues wiß ma' doch su nee!
Wer söll' das sa'n? — 's is Gerede! —

Die zweite.

Ebens — wu werd's ock was geha't ha'n? —
Wenn nu gar — und wär' was ein Gange — mit
Jbla'n und Heinricha — wie manche sa'n! —

Laban.

Mit Heinricha! — a tummes Gerede! — ock —
a funes tummes Gerede — vo Robern — wie fe's hie
immer macha.

Eine Frau.

Heinerla wär' au' keene Minute vo fen'n Starbelager wegganga — Tag und Nacht — fprecha fe.

Laban.

Der Ahle hätt' glee vur fen'n Tube noch amol
alleene mit'n geredt — hätt' glee Liefe gefa't —

Laban (während alle viere nach rechts abgehen).

Nee — nee — das Bißla Rauch! — Nu is abei
Zeit — daß mir au' gihn. —

Frau Ringel (hat unterdessen zum Pastor weinend gesprochen).

Sie ha'n 's aber au' zu fchien und treeftlich gefa't —
Herr Pafter — gar treeftlich! Ha'n Se taufendmol
fchinfta Dank, Herr Pafter!

Der Paftor (drückt nun Liefe die Hand).

Liefe.

Viel mol an Gott bezahl's, Herr Pafter!

Der Paftor
(tritt dann zu Heinrich, dem er auch herzlich die Hand fchüttelt.
Dann wendet er fich zum Lehrer Hoste. Unterdessen tritt Heinrich
ans Grab zurück. Frau Ringel und Liefe bleiben vor fich hinftarrend
einen Augenblick ftehen und fehen dann dem Paftor nach).

Der Pafter (zu Hoste etwas lauter).

Nun 's ift recht leer geworden — hier. Es ift
Feuer ausgebrochen?

Die beiden Frauen (dienstfertig).

Ju ju — Herr Paster, ein Niederburfe muß's sein.

Der Paſtor (im Abgehen neben Lehrer Hoste).

So ſo! — Da wollen wir nur hoffen, daß ſie des Feuers bald Herr werden. — Nun, Gott befohlen!

Die beiden Frauen.

Schien Dank, Herr Paster.

Der Paſtor (zu Hoste).

Da fahre ich wohl vorbei? (Beide ab.)

(Im Augenblick, als der Paſtor fort iſt, treten Frau Ringel und Liefe zu den beiden Frauen, die überhaupt noch da ſind.)

Frau Ringel.

Nee — Jemersch — 's brennt?

Liefe.

Wu is 's denn?

Eine der Frauen.

's muß a ganz Stide unba ſein —

Frau Ringel (tritt zu Heinrich).

Heinerla — 's is ju a Feuer — (Wie Heinrich nicht hört, erinnert ſie ſich von neuem ihrer Trauer.) Ach Gott! Ach Gott! daß mir der Mann wegſterbt! (Sie weint von neuem.)

Eine von den Frauen (auch mit Thränen).

Jeſes — 's wihl mir au' nee ei a Kupp — gar nee — dar geſunde Mann! — ei dan paar Taga — geſund und tut! —

Die zweite.

Am erſchta Feiertage hiß's doch bluſſig — a wär' a wing kränklich. — Zwee Tage druf — leit a au' schun ein Tutahembe ein Bette. — 's is gar verwerrt schnell' ganga — A Dukter hätt' verlecht doch —

Liese.

A kam schun krank heem, — an Tag vor Weih= nachta. — Aber — an Dukter wullt' a doch borchaus nee — (Weinend.) und am erschta Feiertage wurb's au' noch a so schiene basser.

2. Scene.

Die vorigen, ein Junge.

(In diesem Augenblick kommt ein Junge gerannt.)

Mutter! Mutter! sullst kumma! Aber risch! — 's is ei der Schmiede —

(Eins von den Weibern ab, so daß nur noch eine anwesend ist.)

Die Frau.

Ich bucht' m'r'sch bahle. Ringeln, kumm ock! — mir missa au hie.

Liese (aufgeregt).

Heinrich, ei b'r Schmiede! Da mach ock! Jemersch! ben'n Hirth! — da missa mir ju macha! — wenn gar — und 's käm' wieder a Storm —

Heinrich (abwehrend).

Luß mich! Ich wihl erscht ei Ruh Baterla'n begraba.

Frau Ringel (abseits vorwurfsvoll zu Liese).

Du wißt's boch, Mabel! Luß a! — Sei ock wieder amol recht unsinnig! (Sie geht zu Heinrich.) Heinerla — (Sie redet in ihn ein.)

Liese (mürrisch zu der Frau gewandt).

Unsinnig! wer wärsch ock? Sull'n mir ernt au' noch abbrenna — ubabrein? 's käm' ee Unglicke zum andern. Alles is gar alleene — derheeme —

Die Frau (zu Frau Ringel).

Mir mechta werklich au' hie — 's kinnt' doch was passieren —

Lehrer Hoske (kommt eilig gelaufen).

Es ist bei Hirth — da müssen wir machen —

Frau Ringel (nun noch unruhiger zu Heinrich).

Heinerla — 's wär' wull doch gutt, wenn mir liffa. — Mecht's de nee?

Liese (unterdessen entschlossen).

Kumm S' ock, Herr Lehrer!

Frau Ringel (der forteilenden Liese nachlaufend).

Paß au' uf, Liese, wenn die Leute alle rei' kumma — hirscht! (Hoske, Liese und die Frau ab.)

Heinrich.

Mutter, gih! sich derheeme nach! — hirscht! Ich kan das Getimmel ni ertra'n!

Frau Ringel (eindringlich und weinend).

Du mußt aber nachkumma — Heinerla — du kimmst bahle! Thu mir'sch zuliebe! — Ich ha' doch suste niemanda. — 's werd doch au' gar eesam hie uba! — Ock kumm! (Heinrich geht mit ihr.) Kumm, Heinerla! Vaterla leit — ban kriega mir nimmeh' raus aus der Grube. — (Sie gehen beide nach rechts ab.)

3. Scene.

Ida, Heinrich.

(Ida tritt, die Zweige des Gehölzes auseinanderbreitend, an Ringels nun ganz einsames Grab und wirft einen Fichtenkranz hinein. Nach einer kleinen Weile kehrt Heinrich, von rechts kommend, zurück. Als er Ida am Grabe sieht, bleibt er einen Augenblick stehen und geht dann langsam auf sie zu. Sie stehen eine Weile am Grabe vor einander, ohne zu sprechen.)

Ida (verlegen und schüchtern).

Guten Abend, Heinrich.

Heinrich (düster und unnahbar, schweigt).

Ida (demütig).

Ich hab' dich die ganzen Tage immer gesucht, Hein=rich! (Sie tritt ihm weich näher.)

Heinrich (rührt sich nicht).

Zu was kimmst du hiehar?

Ida (unentschlossen).

Ich konnte dich nirgend finden, Heinrich. — Du kamst doch nicht.

Heinrich (streng).

Zu was söllt' ich d'nn au' kumma? Sa's amol! Zu was benn? — Zu was käm' ich denn zu dir? — (Geheim=nisvoll verlegen.) Wißt be's nee?

Ida.

Heinrich —

Heinrich (finster).

Kimmst du hiehar — um mich zu finba? — (In Heftigkeit zunehmend.) Du hust 'n ju 'n Kranz eis Grab ge=schmissa — ba kinnt's ja hie brinne ruhig war'n! Da kinnst be au' glei wieder mei Mabla fein. — Vaterla leit eim Grabe — und ich kinnt' dann glei wieder a wing weiter macha — und luftig fein!

Ida (ganz erschrocken und verwirrt).

Heinrich — wie du auf einmal bist! — Ich komme —

Heinrich.

Kimmst du zum Vaterla? dar eis Grab fank? (Geheimnisvoll.) Wißt be's nee? — (Weicher.) Ju, ju, — se reda alle — se ha'n manchmol geredt — aber kenner wiß was Genaues. — (Inbrünftig weich.) Ich kunnt's doch ni gleeba! — (Beinahe zutraulich.) Er wullt' ins kenn' Unehre hinterlo'n. — (Plötzlich hart.) Du huft ju au' ock Komödie gespielt — — ju ju! — (Lebhaft.) O ich wiß wull — nu wiß ich's, — weswegen ich ben'n Vater ni kumma söllte! — 's is mir ufganga, ei ban Taga! — (Zornig.) Ihr nahmt eure Fichtakränze und lä't se suste wohie! — men'n Vater braucht ihr keene Fichtakränze ga'n. — (Gesteigert, geheimnisvoll.) Wißt be's nee?

Ida
(gibt scheu und unentschlossen ihre Zustimmung und tritt einen Schritt zurück).

Heinrich (unbarmherzig).

Und du kimmst trotzdem? Du willst an unehrlicha Mane Fichtakränze eis Grab lä'n?! — O, er war nee unehrlich — er war nee unehrlicher, wie ich bin. — (Mit einem Tone, in dem Vertrauen, kindliches Bitten und Selbstvergessenheit klingen.) Aber — 's derf's niemand nee erfahr'n — an Leidenschoft — er hot's ock mir erzahlt — (Zutraulich.) Jefes — er kunnt's nee lo'n — und ba — traf 'n an

Kugel — daß a starb. — (Wieder leidenschaftlich.) Ihr ver=
acht't doch Vatern! — Ich ha's nee gewußt — nu
mißt ihr au' mich verachta. — (Wieder kindlich bittend.) Aber
die andern braucha's ni zu wissa — gar nee — (Unheimlich.)
Ock der Ferschter wiß — der sa't's nee weiter — (Gesteigert.)
Der werb's nee weiter sa'n!

Ida
(ist zurückgetreten, ihr Wesen hat nun einen Anflug von Stolz an=
genommen).

Warum sagst du denn das mir? (Weicher.) Ich kann
doch nichts dafür, Heinrich! — (Sicher.) Vater — er hat
doch auch nichts gewußt um uns — der Vater —

Heinrich (hohnlachend).

Beileibe! Beileibe! Er kan gar nischt dafir! —
das Flintla is 'n reen vun alleene lusganga — Ihr! —
Ich kenn' euch. — Was kimmst du erscht har — Ibla?
— Ihr kinnt reene gar nischt dafir! (Grollend.) Ju, ju! —
eis Grab is a gesunka — a' sen'n Wunba — (Höhnend.)
aber was söllt d'nn ihr dafir kinna? — Was treibt a sich
ein Walde rim?! — Was vergrefft a sich a an gräflicha
Wilde! — Er war doch eemol a Wildschitz, ni wuhr? —
Und du kimmst und schmeßt 'n an Kranz eis Grab? —
Du willst mich wull wieder gutt macha? Was? — (Stark.)
Ich ha' eure Kugel salber ei men'n Harza. Die giht
nee raus! — die kan mir kenner meh' rausreißa. — Ver=
acht't mich! — ich bin sei Suhn gewasa — und ich wihl
nischt meh sahn — und hier'n vo euch — gar nischt
meh! — gar nischt! — (Höhnend.) Renn ock zum Feuerla!
— wie die andern! — das brennt gar schien! — (Hart.)
Hie gibt's nischt zu sahn — und gutt zu macha! —

Ida

(steht stolz, während ihr einige Thränen über die Wangen rollen).

Ich kann mich doch dir nicht an den Hals werfen, Heinrich?!

Heinrich (finster und leise).

Ich wiß nu, daß ich dich nee hul'n kan! — (Unheimlich.) Aber der Ferschter muß mir'sch amol erzahl'n — wie's zuging —

Ida (tritt bis zum Waldsaum zurück, scheu und kreidebleich).

Du — da will ich doch lieber gehen — jetzt —

Heinrich (weicher).

Ach Idla! — Idla! — ich ha's ni gewußt, wie's kumma söllte! nu is's kumma! — und hot mich gegriffa! — und ich bin wie verwerrt! — Durte mei Mabla und hie eim Grabe — (Versonnen.) Wie 'r uf sen'n Starbelager noch redte: Heinerla — sa't' a — b'r Ferschter schuß mich. — Ich mußte eemol wildern. — Aber wie ich 'n sah, — sa't a — a Ferscht'r, — da schrie ich: Luß dei Gewahr unda, Ferschter! sa't a. Aber er legte au' schun a' — ich au'; — ich hätt 'n au' berschussa — sa't a — wie er nee hirte — ich au', — er war ock schneller wie ich. — Heinerla — sa't a — halt mei Gedächtnis ei Ahren; sa's niemanda! Senber sa't's au' nee, das wiß ich. — (Kindlich.) Ock sa's niemanda, Idla! — (In leidenschaftlicher Härte.) Du wißt's nu! — Gih! — (Gesteigert.) Gih! — Weg vo hie! Du hust nischt meh hie zu sicha! — Gih!

Ida

(flieht ohne ein Wort in den Wald zurück, von wo sie gekommen).

Heinrich

(steht einen Augenblick wie besinnungslos, dann ruft er in den Wald).

Jdla! — Jdla! —

Ida (tritt nach einer Weile scheu wieder heraus).

Heinrich
(nähert sich ihr hastig und mit ausgebreiteten Armen, läßt die Arme
sofort wieder sinken und sagt tonlos).

Jdla — luß mich! — Gih du benner Wege! — Ich
gih' menner Wege! — Ich ha' mit euch nischt meh zu
schaffa. — Bleib du bei den'n Bater! — Ich hal' zu
men'n Bater — a su gewiß — und wahrhaftig — als
ich a ahrlicher Karl bihn. — (Pause.) Ich kan nee anbersch!
— 's thät' mir keene Ruhe ginn'n, wenn ich dich imorma
söllte, und Baterla leit tut ei d'r Arde, vo' ben'n Bater
getruffa. — (Weich.) Gih benner Wege — Jdla! — Gih!
— Mit ins muß aus sein, Jdla! — Ich wiß mir suste
ken'n Rot — gar nee — gar nee!

Ida
(hat sich ohne Wort von ihm los gemacht und eilt, die Zweige auseinanderbreitend, fort).

Heinrich
(steht noch einen Augenblick, bann, als man in der Ferne Tritte
hört, geht er ab und verschwindet rechts im Hintergrunde).

4. Scene.

Angst, Laban, später der Förster.

(Angst und Laban kommen von vorn rechts in Arbeitskitteln mit
Hacke und Schaufel, um Ringels Grab zu schließen.)

Angst (vor dem Grabe).

Da hätt'n m'r ju wieder amol a Thirla uffa ei be
gulbne Ruh!

Laban.

Das ahle Bißla Gelumpe vo Scheune! — meine Gitte! — wegen dam Bißla Schmiedescheunla, bo hätta se nee a su laufa braucha.

Angst.

Hihi, da laufa se alle — und laufa — se ha'n doch Angst wegen dam Bißla Gelumpe. — 's sohl doch eemol partout nee a su viel Belechtung sein — hie uf Arba — hihi — (Ernst.) Nu — au' noch! — (Indem er sich samt Laban an die Arbeit macht, das Grabgerüst abzunehmen, und phlegmatisch jedes Brett beiseite zu tragen.) Aber flenn'n und jammern? — zu was ock? — im wan denn? — Gutt, daß a noch ein ahla Juhre eigebatt' is; da kinn mir 'sch neue ibermurne wieder a wing reenlich a'fanga. —

Laban.

Was gibt mich das a'? Jitzund is a tut!

Angst.

Nu jekersch, mir missa alle wieder rei' eis Arbaloch. Was ha'n mir erscht be Nase a su huch ei be Luft geruckt. —

Laban.

O — meine Gitte — das ganze Bißla Laba!

Angst (für sich lachend).

Hihi! A Festla hie, a Festla har! — 's is schien, wenn ee's sterbt. Ma sitt was, ma hiert was, ma kan was reda, 's werb amol andersch, 's is amol an Abwechslung! 's is au' schien, wenn ee's gebur'n werb —: nu Jes, — 's schreit a wing — 's muß sich erscht a

Brinkel dra geweehna; — 's is doch au' an Abwechslung. — Sich od, Labandla, be Menschheet braucht immer a wing Abwechslung. — Ma kriegt was zu thun — ma kriegt was zu verscharr'n. — A Bißla sune Arbeet is immer gut mite. —

Laban (mürrisch).

Das paßt sich aber nee. A sunes Verhal'n — paßt sich eemol nee. Das sein falsche A'sichta. 's leit enner bo. Der Leib leit bo. Nu is an' Feier. Ma hiert, was der Paster rebt. Er zeigt nach uba. Ma sohl a'bächtig sein! Meine Gitte! — Du bist a su enner! Du hust sulche A'sichta!

Angst.

Jekersch! Uferstehung! das sitt ma ju — jebes Frihjuhr. Da werd jeber Worm ei ber Arbe lebendig, nu bo! jebes Knöspla schlä't seine Auga uf! Aber suste, Labandla, bas wär' au' gar a schie' Ding! — Sa' mir od, was sölta mir ahla Kräppe b'n noch a'fanga — ba uba?

Labans Gesicht überzieht zum erstenmal Lachen.

Angst.

Ich gleebe immer, Labandla, bu mußt au' amol lacha.

Laban (schon wieder ernst).

Ju, ju, meine Gitte! Du verstihst immer alles besser als andere Menscha. Du kanst alles immer glei' bis ufs Hembabänbla ufkliern — bohie —

Angst (lacht).

Ich sa' bir ufrichtig, 's is viel besser, mir wachsa wieber nunder ei be Arbe unb lussa anbere weiter werga.

— Macha je's beſſer, — da macha je's beſſer! Ich wöllt' mich frein! — Aber Ruh und Schlof — 's is 's Beſte, 's Schinſte; — kanſt's gleeba — hihi — und bis mir a ſu weit ſein, da lach' ich noch a wing, da lach' ich —

Der Förſter
(kommt von rechts vorn, finſter vor ſich hinblickend, mit abgemeſſenen Schritten, das Gewehr über der Schulter).

Angſt (verſtummt plötzlich).

Helde (ehrerbietig).
'n Obend, Herr Förſchter.

Der Förſter (kurz und hart).
'n Abend. (Er iſt einen Augenblick wie unabſichtlich ſtehen geblieben, wobei er einen Blick aufs Grab geworfen, dann geht er weiter und verſchwindet links im Hintergrunde.) — Stille. —

Angſt und Laban (blicken ihm eine Weile nach).

Angſt (ergreift dann die Schaufel; ernſt).
's is uf eemol gar finſter wor'n.

Laban
(gedämpft, wie gleichgültig, indem er auch die Schaufel ergreift).
's Feuerla muß vunds runder ſein. Sie lechta ſchun a' — bunda ei a Hitta.

Angſt (geheimnisvoll und leiſe).
Da gibt 'r wieder 'naus — uf be Säuferhöh'. (Stille.) War wiß, ob hie (Er blinzelt verſtohlen aufs Grab.). alles a ſu ſenn' Richtigkeet hot, wie ſe thun!?

Laban.

Meine Gitte! — se ha'n an Tag was zu reba. — (Er beginnt Erde ins Grab zu schaufeln.) Nu scharr'n m'r 'n zu. Dann is a vergassn. — (Stille.) Die Nacht werd's frisch fir be Tuta! — —

Angst (geheimnisvoll ausgelassen).

Nu — für be Lebendiga au', — hihi — aber bie ha'n ju genung Hulz ein gräflicha Pusche.

(Der Vorhang fällt.)

———————

Vierter Akt.

Forsthaus im Walde, wie im zweiten Akt. Auf dem Tische, der mit einem bunten Kaffeetuch belegt ist, ein Wasserkrug und Gläser. Auf dem vorderen Fensterbrett zwei purpurrot blühende Geranienstöcke und ein Arbeitskorb.

1. Scene.

Frau Förster, dann Line.

Frau Förster (sitzt vor ihrem Nähtisch und strickt).

Line
(kurz nachher mit einem Tablette voll Kaffeegeschirr eintretend; aufgeräumt).

's werd doch a wing Frihjuhr, Fru Ferschtern! — Sahn S' ock! (Sie hält ihr ein paar Zweige mit Weidenkätzchen hin.)

Frau Förster (mit einem flüchtigen Blick darauf).

Ja ja! — Schön! — Du bleibst aber auch dafür wieder mal ewig — im Krame da oben!

Line (hat das Tablett auf einen Stuhl abgestellt; gutmütig).

Sein S' ock nee biese, Fru Ferschtern! Ma trifft halt doch die und jene — ei der Kolonie — da red't ma au' a Wort. (Sie hat einen Zettel aus der Tasche gezogen und ist an den Nähtisch getreten.) Hie wär' au' be Rechnung. — 's Zeug ha' ich Iba'n ei'gehändigt.

Frau Förster (sieht die Rechnung durch).

Nun gut! — Da bede nur! —

Line (hat Geld auf den Nähtisch gezählt).

's blieba noch sechs Bihma und drei Pfenn'ge, Fru Ferschtern.

Frau Förster
(nachzählend. Während Line ein Kaffeetuch aus dem Tischschube nimmt, schließt sie das Geld in den Nähtisch).

Sag's auch dem Förster bald, daß der Kaffee da ist! — Er bricht in der Scheune den Hirsch auf.

Line (am Tische hantierend).

Ich gih' glei'. — (Lachend, redselig.) Nee, Fru Fersch= tern, da hot doch Hirth dazemol sei' Scheunla salber ei Brand gesteckt!

Frau Förster.
Ja, ja — das wird schon so sein.

Line.
Aber was Ihn'n au' die da uba fir an Angst ha'n — vur'n Ferschterhause! — Denken S' od, Fru Fersch= tern: be Ringeln fräu'te mich, eb se amol kinnte zu Ihn' kumma! — Se sein gar verwerrt — da uba. — Da ha' ich halt iber sche gesa't: se söllt od geruhig kumma! — 's brauchte sich kee Ehrliches zu ferchta bei ins! —

Frau Förster (strickt hastig eine Nadel ab).

Warum nicht gar! — Frau Ringel? — Was will sie denn? — zu mir?

Line.

Nu ju ju. Zu Ihn'n. — Se muß's gar ängstlich ha'n. — Se is wieder gesund. — Na iberhaupt — was Ihn'n die Krämern nee suste —! Se macht ju immer glee wer wiß was draus. — (Geheimnisvoll.) Han Sie etwa was gemerkt, Fru Ferschtern? —: Der Ferschter hätt' glee gestern wieder amol da uba a wing visintiert — aber su was muß's sein.

Frau Förster (beunruhigt).

Ach Gott, nein — laß mich nur in Frieden! — Ich will nicht erst noch immer beunruhigt sein mit solchem Gerede.

Line (wichtig thuend).

Aber nee, Fru Ferschtern — 's muß wahr sein. — Der Ferschter wär' gestern wieder amol uba gewast. Die andern sa'ta's au'.

2. Scene.

Frau Förster, Line, Ida.

Ida (tritt mit einem Teller Gebäck herein; lässig).

Sag's Vater, Line!

Line
(die mit Tischdecken fertig ist, das leere Tablett unterm Arm, greift in die Tasche).

Jeses —: hie wär' au' be Wulle. (Sie legt ein Paketchen auf den Tisch, dann ab.)

Ida (während Line abgeht).

Nun fang' ich nicht erst noch an — mit der Strickerei. (Sie gießt sich stehend Kaffee ein.)

Frau Förster (nach einer Weile seufzend).

Gott, ja! —

Ida (Kaffee trinkend).

Ich bin auch heute rein wie auf den Kopf gefallen — wirklich.

Frau Förster (sinnend).

Immer wieder möchte man sich von neuem sorgen!

Ida.

Weswegen denn?

Frau Förster.

Vater — Du wirst es wohl auch gemerkt haben, wie er wieder ist — der Vater. — In der Kolonie soll wieder was . . .

Ida (gleichgültig).

Ach — meinetwegen.

Frau Förster (erregter).

Ich möchte nur wissen, wo wieder. — Ja du! — Du hast es ja damals auch nicht glauben wollen! Bewahre! — Da hast du gelacht! Dann waren wir soweit! — Dann war auf einmal meine Angst wahr geworden.

Ida (energisch).

Nein — Mutter! — bitte! — laß nur das Vater hören! — wenn er jetzt 'rein kommt! (Sie geht ans Fenster und steckt das Wollpaket in ihr dort stehendes Arbeitskörbchen.)

Frau Förster (einlenkend).

J — Gott! nein, nein!

Ida (geht zum Schrank, um sich zum Ausgehen bereit zu machen).

Darüber wäre doch längst Gras gewachsen — dächt' ich! — (Stille.) Das hat wirklich gar keinen Zweck —

Frau Förster.

Nein, nein! — Ich will ja gar nicht weiter reben — da sei nur du wenigstens auch stille davon!

3. Scene.

Die vorigen, der Förster.

Der Förster (ist währenddessen eingetreten).

Stille — von was?

Frau Förster
(harmlos scheinend, indem sie sich erhebt und an den Tisch kommt).

Ach, nichts! — Ich sprach nur noch mit Ida. (Sie gießt für den Förster und sich Kaffee ein.)

Der Förster (schreibt am Sekretär flüchtig einen Zettel).

Der Hirsch kommt ins Schloß. — Hier liegt der Zettel — wenn Angst und Laban ihn holen.

Frau Förster.

's ist gut! — Wenn ich's nur weiß!

Ida (beginnt ihren Mantel anzuziehen).

Abräumen kann ja Line dann, Mutter.

Frau Förster (vorwurfsvoll).

Mach, was du willst! — Aber da siehst du, wie unstet du wieder bist! (Sie mustert Idas Anzug und zieht ihr am Mantel etwas zurecht.) — Da soll man dann noch nichts sagen! —

Ida (eifrig, gütig zu Mutter).

Gott ja — Mutter! — Da bin ich etwas unstet — heut.

Der Förster (ohne sich umzublicken, ernst).

Was schadet denn das! —

Ida (zum Gehen bereit).

Ich bin ja nicht lange. (Ab.)

(Stille.)

Der Förster (erhebt sich und kommt an den Tisch).

Das Mädel konnte doch warten bis gevespert ist. Sie weiß doch, daß mir das nicht lieb ist.

Frau Förster (trinkt Kaffee).

Gott! — freilich, Vater.

Der Förster (während er stehend Kaffee trinkt).

Wo läuft sie denn eigentlich hin? — so elend, wie sie aussieht!

Frau Förster.

Doch jedenfalls da nunter ins Thal — ans Weiß= wasser. Du weißt ja doch, daß sie jetzt immer nur die ein= samen Wege geht. — Nach Schneeglöckchen, glaub' ich.

Der Förster.

Mach mir 'n Brot zurecht, Mutter.

Frau Förster (während sie Brot schneidet, mit stiller Sorge).

Fährst du heut nicht zum Grafen, Vater?

Der Förster.

Nein. — (Er geht zum Sekretär und macht sich an seinen Jagdwerkzeugen zu schaffen.)

Frau Förster (reicht ihm das Brot).

Hier, Vater. (Dann stellt sie das Geschirr zusammen und ruft Line.)

Line (erscheint sofort und trägt es fort).

Frau Förster (sorgend).

Ach Gott — Vater? —

Der Förster.

Was?

Frau Förster.

Ich trau' mich gar nicht. — Du wirst wieder böse sein, Vater?

Der Förster (unwirsch).

Schwerenot! — Da sag's doch, Mutter, worauf du hinauswillst! —

Frau Förster (zuthunlich, unsicher).

Vater — Was ist's benn nur? Wenn du doch nur redetest!

Der Förster.

Ach, Mutter! Quäl' mich nicht erst! — Quäl' mich nicht! — (Plötzlich mitten aus Düsternis und Abwehr zutraulich geheimnisvoll.) Mutter, 's ist wahr — mich peinigt ein Gedanke! — Heinrich Ringel! — Das ist doch nicht möglich! — Heinrich ist im Forste gesehen worden — in letzter Zeit. — Heinrich Ringel wird doch nicht etwa auch anfangen — wie sein Vater —

Frau Förſter (in Jammern ausbrechend).

Ach Gott! Ach Gott! Vater! Wie vieles könnte
anders ſein, wenn du einmal auf mich gehört hätteſt!
Aber — nein, nein! — Es iſt ja viel beſſer — wenn du
es immer weiter treibſt — deine Härte. — Du biſt genau
ſo hart, wie immer! — 's darf dir heute ſo wenig jemand
nahe kommen wie immer! — Du würdeſt ſchon morgen
wieder nicht zurückſchrecken. — Mein Gott! — Wohin
wird das am Ende noch führen? — Man kommt aus
der Himmelangſt gar nicht mehr heraus! (Sie weint.) —
Bis uns das Unglück noch ſelber erreichen wird!

Der Förſter
(indem er ſich die Jagdtaſche umhängt und die Mütze vom Schrank
nimmt. Kalt).

Ich muß noch da 'nauf in die Kolonie! — (Er
ſchließt den Sekretär und greift nach ſeiner Pfeife, wegwerfend.)
Unglück! — Beſſer im Walde — als im Bette! — Ein=
mal ſtirbt man doch. — A! 'n Hundeleben — das! —
(Es klopft.)

Frau Förſter (erſchrocken).

Doch nicht etwa Frau Ringel! —

Der Förſter (im Begriff gegen die Thür zu gehen, gleichgültig).

Was will denn die? — Herein! —

4. Scene.

Die vorigen, Frau Ringel.

Frau Ringel

(hat behutsam die Thür geöffnet und ist in großer Ehrerbietung eingetreten).

Frau Förster (am Tisch; mit Zurückhaltung).

Ach — Frau Ringel! —

Frau Ringel (schüchtern, noch immer an der Thür stehend).

Nahm'n Se's ock nee ungittig, meine Fru Ferschtern
— 'n Tag au', Herr Ferschter!

Der Förster (betrachtet sie versonnen, ohne seinen Platz zu ändern).

Nun — und was führt Euch denn zu uns?

Frau Ringel (mit Seitenblicken auf den Förster).

Sah'n S' ock, Fru Ferschtern —: Nu' muß ich doch
amol zu Ihn'n kumma. — Ich wiß ni meh ei', noch aus
— wiß ich halt ni meh — sah'n S' ock. — (Gerührt.)
Sie wissa's ju, was ins betruffa hot.

Frau Förster (auf den Förster blickend, unsicher).

Ja — liebe Frau —

Der Förster (plötzlich zornig).

Jetzt möchtet Ihr ihn mit den Nägeln aus der Erde
scharren — womöglich! Wie? — Hättet Ihr ihm nur bei
Lebzeiten einen andern Wandel geraten! — Hättet Ihr
ihn nur von dem sauberen Handwerk abgehalten! — Jetzt

ist es zu spät! — (Kurz.) Nun — und was sollen wir
dabei? — Wir können Euch auch nicht helfen.

Frau Ringel (devot).

Jemersch! — Herr Ferschter! — Nu do! —

Frau Förster (verlegen, aber bestimmt).

Mann — thu mir die Liebe!

Frau Ringel (entschlossen zum Förster).

Das mechte ju alles sein! — Alles! — Was giht
das ins a — was ihr beeba mitsamina geha't ha't —
bei sen'n Labzeita!? — Das kann doch niemand meh
ändern! — (Gerührt.) Ich ha' 'n schun manche Thräne nach=
geflennt — ein stilla — seit dan biesa Weihnachtstaga — und
manches Gebatla —: daß 'n — und 's mecht 'n verga'n sein —
Vaterla'n — berntwegen! — (Lebhaft und bestimmt.) Das
mechte ju alles sein! — 'r hot ju au' bei sen'n Labzeita
für inseree's gesurgt — und mir kinn'n laba. — Aber
(Sie tritt etwas näher heran.) Sahn S' ock, meine gube Fru
Ferschtern: — ich kan's Ihn'n gar nee a su richtig
sa'n: Heinerla! — insa Heinerla! — (Sie weint.)

Der Förster (heftig wie vorher).

Behelligt uns nicht erst mit solchen Sachen! —
(Wegwerfend.) Tod und Teufel! — Ich glaube immer, Ihr
wollt gar noch eine Heirat stiften — obenbrein! — (Hart.)
Euer Sohn treibt sich im Forste 'rum: er fängt wohl jetzt
gar noch an, auf Ringels sauberen Wegen zu wandeln
— der Milchbart! — Wie?

Frau Ringel (abwehrend).

Beileibe! beileibe! nee, nee! — Behüt ins b'r
Himmel, Herr Ferschter! — (Weich.) Ach — wenn Sie
wößta, wie's wär' — Herr Ferschter. Ich ha' an Birde
— an ur'ntliche Birde —

Der Förster (haftig).

Das haben wir alle! — Was geht das mich an? —
Ich kann Euch Eure Bürde nicht leichter machen! — Ihr
mir meine auch nicht! —

Frau Ringel (sieht ben Förster groß an).

Frau Förster (ihn begütigend).

Vater? — Du weißt noch gar nicht —

Der Förster (in ganz verändertem Tone, still und düster).

Ich will's nicht wissen! (Er geht zur Thüre.) — Ich
brauch's nicht zu wissen! — Mag sie reden, zu wem sie
sonst Lust hat! —

Frau Förster (milb).

Ach Gott, Frau Ringel.

Der Förster (noch wie vorher).

Ich komme spät. — (Er ist versonnen mit der Klinke in
der Hand stehen geblieben. Plötzlich heftig.) Teufel auch! —
Was wollt Ihr eigentlich hier?! — Paßt mir daheim auf,
daß nichts vorkommt! — Paßt mir auf, sag' ich. Hier
gibt's nichts zu suchen — für Euch! — nichts! — gar
nichts. (Indem er die Thür öffnet.) Ich dächte, das müßtet
Ihr selber wissen. (Ab.)

5. Scene.

Frau Förster. Frau Ringel.

Frau Förster (dem Förster nachschauend, verlegen).

Ach Gott! — Wie hab' ich meinen Mann nicht schon gebeten, er möchte nicht so streng sein. — Wollen Sie sich nicht einen Augenblick — (Sie setzt sich auf einen Stuhl.)

Frau Ringel
(dem Förster ebenfalls nachschauend, noch ganz betroffen).

Jemersch! — Nu bo! — A hot doch gestern morne wieder Bittnersch Haus borchsucht. — (Heftig.) Vor mir kann a immer reba — der Ferschter! Wiß 'r'sch denn? — Wiß 'r'sch denn, wie's is? — Hort 'r denn? — Da Junge is vorhero nee zum Wiedererkenn'n, is a — seit der Vater tut ei b'r Arbe ruht.

Frau Förster.

Ja aber — was ist denn mit Ihrem Sohne?

Frau Ringel (ruhiger erzählend).

Ach, Fru Ferschtern — Sie kinn'n sich's nee denka; — a su, wie's Ihn'n werklich is — gar nee! — Nu — das Bißla Arbeet ein Hause — das that a wul ernt noch. — Aber suste — a is Ihn'n stumm — gar stumm. A ganza Tag spricht a kee Wort — und is Ihn'n doch au' ni zum Reba zu bewega. — Wenn Leute rei'kumma — a läßt sich nee sahn — vur kenn' Menscha. — Au' vur'n Hoskelehrer nee — der wihl doch inse Liese heirata — (Jammernder.) Und dann — ei b'r letzte — da errt a monch= mol gar ein Walde rim — tagelang. — Da ißt a

niſcht! — unb ba trinkt a niſcht! — unb errt ock immer
a ſu hie — unb har. — **Ach Gott! Ach Gott!** — (Sie weint
ſehr.) Ich bin Ihn'n ſchun a ſu gar geängſtigt a' Leib
unb Seele! — (Ruhiger.) Sahn S' ock, liebe, gube Fru
Ferſchtern, ba war ich ei menner Angſt halt amol zu
Ihn'n kumma. — Wenn aber ber Ferſchter nu a ſu is,
was ſohl ma benn noch macha? — (Sie ſtockt verlegen.)
Ach Gott!

Frau Förſter (unſchlüſſig).

Ja, liebe Frau Ringel —

Frau Ringel (lebhaft).

Ibla is boch ſeit Weihnachta au' nimeh' a eenzigſtes
Mol bei ins gewaſa — is ſe — bas ganze Verteljuhr! —
(Sie läßt ſich neben Frau Förſter nieder unb beginnt weich in ſie
hineinzuflehen.) — Ach, luſſa Se ſich ock ſchinſtens gebata
ha'n: — an beſſern Menſcha — als inſe Heinerla —
ban finba Se ei b'r ganza Welt nee wieber. — A is
Ihn'n boch ſuſte a ſu thätig unb gutmittig — unb kan
en'n boch au' a ſu ſchien beſchitza — unb freehlich macha —
mit ſen'n guba Harza. — (Weinenb.) Ach, du lieber himm=
liſcher Vater — Was kinn'n mir b'n bafir — baß Vaterla
mit 'n Ferſchter immer a ſu feinbſelig war? —

Frau Förſter (ratlos, ſpröde).

Da — weiß ich nun freilich — auch nicht — (Man
hört Tritte im Hausflur.)

Frau Ringel (indem ſie ihre Augen eilig trocknet unb ſich erhebt).

Jekerſch — ba ha' ich gar geflennt. —

6. Scene.

Die vorigen. Jba.

Jda

(tritt ein, einen Strauß Schneeglöckchen in der Hand. Sie ist ernst. Ein Hauch von Unnahbarkeit liegt über ihr. Als sie Frau Ringel erblickt, wandelt sich ihr Ausdruck einen einzigen Augenblick in weiche Freude).

Ach! — (Dann wieder ganz ernst.) Guten Tag, Frau Ringel. (Sie nickt ihr nur zu.)

Frau Förster (unsicher).

Kommst du, Jda!? — Siehst du, Vater war's doch nicht lieb, daß du so rasch wegliefst.

Jda (während sie die Blumen in ein Glas mit Wasser stellt).

Ach — wirklich? — Warum denn?

Frau Ringel

(die überrascht und mit demütiger Glückseligkeit bald Frau Förster, bald Jda betrachtet hat, wie bittend, lebhaft zu Frau Förster).

Jemersch! — Das Mädla! — Meine gude Fru Ferschtern! — Veileibe, beileibe! — (Dann zu Jda gewandt, ohne ihren Platz zu ändern, eindringlich) Nu, Jdla? — Ach Gott! Ach Gott!

Jda (sehr ruhig, während sie Hut und Umhang ablegt).

Wir haben uns lange nicht gesehen, Frau Ringel. — (Seufzend.) Ja ja, es ist manches anders geworden — seit der Zeit. (Sie geht zum Schranke und legt ihre Sachen hinein.) Es ist angenehmes Gehen — draußen. — Nicht? — (Sie steckt sich etwas am Haar, den Frauen zugewandt.) Ich glaube, der Frühling kommt nun bald mit Sang und Klang. Und bei uns ist noch alles recht winterlich.

Frau Ringel

(die unterbeſſen Jba unverwandt innig beobachtet hat, plötzlich ganz
ſelbſtvergeſſen lebhaft zu Frau Förſter).

Nee, — nee! — Zwiſcha dan beeba kan's niſcht
geha't ha'n! — Die gehieren z'ſamma! — Die kann 'n
wieder froh und gut macha. — Die — und keene
zweete! — (Gerührt klagend.) Mir ha'n keene Macht meh'! —
Ich wößte wahrhaftig nee, Jbla, was ich noch thun
ſöllte? — Das wiß ich wirklich nee. —

Jda (beſtimmt, mit reſigniertem Lächeln).

Da ſchafft doch aus der Welt, Mutter Ringel, was ihn
fern hält! — Macht nur ihn wieder gut, wenn Jhr's könnt!
Wir hätten wohl Grund, uns aufzuſpielen! — Ich ſoll
wohl gar zornig ſein! — (Lacht wegwerfend.) Ich —

Frau Förſter (betroffen).

Was meinſt du, Jda?

Frau Ringel (plötzlich ganz benommen).

Nu nu! — (Sie wehrt in Gedanken mit der Hand ab.)
Nee, nee, Heinerla! — Doch etwa nee inſe Heinerla! —
(Sie erhebt ſich haſtig.) Da muß ich ock gihn! — Gelt ock? —
Wenn's ock a ſu is, da muß ich glei gihn! — Bleiba
Se geſund, meine Fru Ferſchtern! (Frau Förſter reicht ihr
mit Zurückhaltung und fragendem Ausdruck die Hand.) Mag der
Ferſchter ſa'n, was a wihl! — Ich breng' ſe wieder
z'ſamma. (Sie eilt auf die Thür zu. Dann kehrt ſie wieder
um und tritt zu Jda.)

Frau Ringel (die ſchon Jdas Hand ergriffen hat).

Aber, Jbla! — wenn's nu doch wieder Frühling
werd —! —

Ida (bestimmt).

Nein, Mutter Ringel. Das ist aus! — für immer
— aus!

Frau Ringel.

Nee, nee, Idla! — Sa' ock nee a su was! Doch
etwan nee bei insen Heinerla! — Aber du kimmst au',
Idla! — Du kimmst! — Ich sa' nce — (Sie hat Idas
Hand losgelassen und geht mit einem Blick auf sie gegen die Thür.)
ich sa' doch werklich nee abje zum Mabla! — Laba
Se gesund, Fru Ferschtern! — Aber, Idla — du
kimmst! — nee wuhr? — Du kimmst! (Ab.)

7. Scene.

Frau Förster und Ida.

Frau Förster
(die sich mit Frau Ringel erhoben hatte, steht noch sprachlos da und
sieht ihr nach).

Ida (noch versonnen inmitten der Stube).

Er — und kommen! — Wo könnte er denn kommen! —
(Resigniert lachend.) Die gute Mutter Ringel kennt ihn ein=
fach nicht! —

Frau Förster (noch immer an demselben Flecke).

Ich begreife auch Frau Ringel gar nicht.

Ida (herzhaft).

Ach, Mutter! Ich begreife sie ganz gut.

Frau Förster.

Aber, Ida, du kannst doch nicht wollen —

Ida (zornig lachend).

Nein, nein, ich kann auch wirklich nicht wollen! —

(Sie lacht höhnisch.) Also ihr habt mich auch für so erbärm=
lich gehalten, daß ich ihm den Laufpaß gegeben hätte, nach
dem, was passiert war?!

Frau Förster (erschrocken und weich).

Nun aber — sag mir nur, Ida! — Du kannst doch
unmöglich noch daran —

Ida (kühn).

Mutter! — Nicht einmal — hundert= und tausend=
mal würd' ich zu ihm laufen, wenn er mich nicht ein=
fach auslachte mit meinem ganzen Bissel Liebe! — Du
verlangst doch nicht etwa, daß ich auch auf die Leute herab=
sehe, wie du?! — oder sie gar verachte, wie der Vater!

Frau Förster (abwehrend).

Nein! — nein doch, herabsehen! —

Ida.

Denkst du denn wirklich: Heinrich steht bloß so da:
„Ihr habt mir zwar meinen Vater erschossen. Aber wenn
ihr mir eure Tochter geben wollt — dann will ich schon
ein Auge zudrücken!" — Verachtet ihn doch! — Ihr
könnt ihn nicht so verachten, wie er uns haßt! — Ja,
auch mich haßt er. — Aber ich hasse ihn nicht. — Ich
liebe ihn um so mehr! — Mir sollte nicht passiert sein,
was ihm passierte —

Frau Förster (mit steigender Aengstlichkeit).

Um Gotteswillen! — Ida! — Ida! — Ach —

Ida (wegwerfend).

Meine Liebe ist kein alter Weibersommer, den der
Wind nur so von Strauch zu Strauch herumwirft. —

Frau Förster (klagend).

Ach Gott, nein — wenn du so bist! — (Flehend.) Bedenke doch, Kind, der Vater! —

Ida (wieder völlig besonnen).

Ach, Mutter, nein! — Es ist ja zum Lachen! — rein nur zum Lachen — all dieses unsinnige Gerede! — Was nutzt denn das alles? — Er — und kommen! — Ich dächte, da brauchte man nicht erst zu reden! — Das kann er nicht vergessen. — Nie! Nie! — (Sie geht ans Fenster.) So vergeßlich, wie euer Herr Hoske, ist er nicht! — (Sie hat sich gesetzt und ihre Arbeit genommen.)

Frau Förster (weich, während sie auch zum Nähtisch geht).

Vielleicht hast du recht, Kind! — Nein, nein, denk nur nicht, daß ich auf die Leute herabsehe! — Sie thun mir auch aufrichtig leid! — Das kannst du glauben.

Ida (das Wollpaket öffnend, vor sich hin).

Sei ganz ruhig, Mutter, das ist aus! — (Gleich= gültig unwillig.) Da hat mir Line wieder falsche Wolle mitgebracht — aus dem Krame.

Frau Förster (weich).

Wenn du auch immer Line schickst nach so etwas, Kind!

Ida.

Nicht zehn Pferde bringen mich da hinauf, das weißt du doch, Mutter! —

Frau Förster.

Man bekommt ja hier nie etwas, wenn man mal

was Besonderes haben will. Das ist ja nichts Neues!
— (Stille.)

Ida.

Ich war ja wie aus den Wolken gefallen! (Lacht.) —
Nein, nein — die gute Mutter Ringel kommt um Hilfe
zu dir! (Stille.) Wo ist denn der Vater hin?

Frau Förster (plötzlich sehr unruhig).

Mein Gott! Ich ängste mich auf einmal so. Vater
ist doch wieder in die Kolonie. —

Ida (versonnen).

So! — Da 'nauf! — Nein — das ist aus! —
Das kannst du glauben, Mutter! — (Blickt hinaus.) Ein
seltsames Gefühl — wie ich heute draußen ging. — So
wehende Luft! — Ordentlich warm! — (Weich lächelnd.)
Der Frühling? — nein! — der bringt nichts wieder!
(Sie horcht wie träumend auf.) Heinrich?! — (Sich ganz ins
Lauschen versenkend.) Es ruft doch!

Frau Förster (horcht auch auf).

Nein doch! — Sei einmal stille! (Man hört einen
fernen Ruf.)

Ida (wirft ihre Arbeit weg).

Was haben sie denn? — Heinrich ruft doch da hinten.
(Sie läuft eilig ins Stübel.)

Frau Förster (aufgeregt ihre Arbeit beiseite legend).

Wo denn? — Am Walde?

Ida (kehrt hastig zurück, bleich).

Mutter! — Mutter! — (Sie schwankt.)

Frau Förster (ganz benommen).

Nein — Ida! — Was denn?

Ida

(hat sich mit beiden Händen an Mutters Schultern festgehalten; obgleich sie zu vergehen droht, verträumt lächelnd).

Heinrich — kommt! —

Frau Förster (ratlos, aufgeregt).

Heinrich? — Was will er denn? — (Noch ängstlicher.) Weswegen ruft er denn?

Ida (wieder fest).

Er bringt Vatern in seinen Armen getragen. (Sie eilt ins Haus.)

Frau Förster (ganz benommen).

Vatern? — Wie denn? — Vatern? (Sie eilt ihr nach.)

8. Scene.

Heinrich. Der Förster. Die vorigen.

(Heinrich, den schwerverwundeten, ohnmächtigen Förster in seinen Armen tragend, eilt herein; Ida daneben behilflich.)

Frau Förster (jammernd dahinter).

Mein Gott! Mein Gott!

Ida (bestimmt).

Ins Stübel! — Aufs Bette! — Aufs Bette! —

(Im nächsten Augenblick sind alle im Stübel verschwunden. Die Thür wird dahinter geschlossen. Line, von der Aufregung herbei= gelockt, ist in die Zimmerthür getreten. Im andern Augenblick schon thut sich die Stübelthür wieder auf, und Ida erscheint, hastig rufend.)

Line! — Line! — (Sie sieht Line.) Da bist du schon! — Zum Doktor! — Du läufst, was du kannst, zum Doktor! — Er möchte augenblicklich kommen. — (Sie er= greift ein Tuch, das auf Frau Försters Stuhle liegt.) — Nimm das! — Fort! — Schnell! — Der Förster wär' verun= glückt, sagst du! — (Line ist schon hinaus. Ida ihr ins Haus nacheilend.) Er soll augenblicklich — (Ida ist einen Augen= blick im Hause verschwunden, ohne die Thür hinter sich zu schließen. In diesem Augenblick stürmt Heinrich verstört aus dem Stübel und stößt in der Zimmerthür auf die rückkehrende Ida.)

9. Scene.

Ida und Heinrich.

Ida und Heinrich (stehen einen Augenblick regungslos voreinander).

Ida.

Du willst fort — jetzt, Heinrich?

Heinrich (erschüttert).

Ich muß — ich muß —

Ida.

Und willst uns verlassen — in dieser Stunde?

Heinrich.

Ich muß — Idla! — Ach, lä' beine Hand nimeh' a' mich! — gar nee! (Scheu.)

Ida (gepeinigt).

Heinrich!

Heinrich.

Sieh mich nimeh' a'! — hirſcht! — Ich kan's nee
ertra'n. — (Er wehrt Ida ab.) Lä' deine Hand nimeh' a'
mich. — Du wißt's nee — war ich bihn — Du kannſt
dir'ſch au' ni denka!

Ida (in ſpannendſter Folter aufſchreiend).

Heinrich! — Das iſt nicht wahr!

Heinrich.

Ich lige nee. (Zuſammenbrechend.) Ich ha' mich a'
den'n Vater vergriffa. — Ich ha's nu a ſu weit gebrucht!
Sich mich nee a'! — Luß mich 'naus! Furt! — Ich
muß mich verſtecka vur euch! — A ſu weit ha't ihr'ſch
gebrucht! — A ſu a elender Wicht bin ich nu gewor'n. —

Ida (die mit ihm ringt, ihn zu halten).

Du lügſt, Heinrich! Du biſt von Sinnen! Du haſt
— Vatern nicht geſchoſſen! — Nein —

Heinrich.

Ach, Idla — nu bihn ich wieder zur Beſinnung
kumma. — Nu is zu ſpat! — Nu ſah' ich alles vor mir
— was mit mir virganga is! — Ich ha'n geſchuſſa. —
Du gleebſt's nee!? — Ich wihl dir'ſch zeiga. — Kumm,
braußa leit noch men'n Vaterſch Flintla. — Ich ſtand ein
Walde — und ſimlierte — 's liß mir keene Ruh —
Tag und Nacht! — Ich ſimlierte und hatt' Vaterſch Ge-

wahrla ei b'r Hand. — Und ich buchte, (Vor Zorn bebenb.)
bu mußt boch au' amol a Böckla schissa — au' a Böckla
schissa, — verlecht kimmt a — verlecht schißt a bich au'
amol — ber Ferschter. — A föllt' ock kumma! — Und
a kam au' — a kam zu rechter Zeit! — Und wie ich 'n
sah — ba schrie ich — Ferschter, bei Gewahr ruf! — ruf!
— Du huft men'n Vater gut getruffa — nu schiß mich!
— Ich kan nimeh laba! — Aber ich schiß' bich! — Fir
ins zwee is kee Raum meh hie' uf Arba! — (Ganz selbstvergessen.) Und bas war, als wenn ich alle Gebanka noch
vunbs verlör' — alle. — Ich zitterte am ganza Leibe. —
Und ich lä'te a' — (Unheimlich weich und leise.) Und ich horte
au' gar nischt knall'n — gar nischt. — 's war uf eemol
a su laar unb stille brauße — im mich — im mich. —
Der Walb war a su gar stille wor'n. — (Er bricht plötzlich
gewaltsam geschüttelt in Schluchzen aus.) Und ich griff men'n
Ferschter — men'n lieba Ferschter — und trug 'n borch
bau stilla Walb — zu euch. — Ich hierte nischt — als
baß 's immer ei mir ufwachte — (Hart und unheimlich.)
Du huft a gemorb't — bu huft Jblas Vater gemorb't.
Luß mich 'naus! — A ju weit is nu kumma mit ins!
— Luß mich 'naus! (Er will scheu hinauseilen.)

Jba (in tiefster Erschütterung sich an ihn klammernd).

Du mußt bleiben — Heinrich! Du hast Vater nicht
geschossen. Du — kannst ihn nicht geschossen haben —
Du bist mein — Heinrich — bu kannst ihn nicht —

10. Scene.

Jda. Heinrich. Der Förster. Frau Förster. Dann Angst und Laban.

(Man hört in diesem Augenblick aus dem geschlossenen Stübel die Stimme des Försters.)

Heinrich Ringel!

Heinrich (im Begriff hinauszufliehen, lauscht wie gebannt auf).

Der Ferschter!

Jda (steht einen Augenblick ratlos).

(Schon im nächsten Augenblick hört man Frau Förster ängstlich rufen.)

Jda! — Jda! — Vater, bleib doch! — Nein, bleib doch! — Jda! — (Die Stübelthür wird aufgerissen.)

Der Förster (dazwischen fest).

Heinrich Ringel! (Dann erscheint er, von Frau Förster gefolgt, sich mit Mühe hoch emporrichtend, wie geistesabwesend, in der Thür des Stübels, hält sich krampfhaft am oberen Thürpfosten und starrt vor sich hin.)

Frau Förster.

Jda! — — Hilf doch!

Der Förster (vor sich hin grollend).

Ihr werdet doch den Tod nicht fürchten! — Wie? (Er starrt Heinrich verständnislos an.)

Heinrich (richtet sich wie irr empor).

Hie' bin ich, Ferschter!

Der Förster

(läßt, als er Heinrichs Stimme hört, plötzlich den Pfosten los, kerzen=
gerade sich aufrichtend, wobei er, wie nach etwas greifend, beide Arme
suchend ausstreckt).

Gewehr! —

Ida (eilt ihm mit flehender Gebärde entgegen).

Der Förster (von Schwäche übermannt, greift nach einem Stuhle).

Das saß! —

(Frau Förster und Ida ihm behilflich.)

Frau Förster (jammernd).

Du mußt dich doch ins Bett legen, Vater!

Ida (bebend).

Komm, Vater! Wir führen dich ins Stübel!

Der Förster (obwohl er schwankt, ihre Hilfe ablehnend).

Alle Teufel! — Nein! — Ich kann alleine laufen!
Ihr braucht mir nicht zu helfen. — Laßt mich! — (Er
hat einen Stuhl ergriffen, in den er sich niederläßt.) Soll ich
etwa im Bette sterben? — Was? — Das wär' so 'was für
mich. — (Auf Heinrich blickend, versonnen.) Was ist denn
hier los? — Wer hat mich denn hierher gebracht, Heinrich?

Heinrich (beobachtet den Förster starr mit irrem Lauern).

Ferschter ...

Frau Förster (ängstlich).

Der Heinrich selber, Vater! — Was ist denn nur
passiert?

Der Förster (lebhafter).

So war's recht, Heinrich! — So war's recht! — Die Last war schwer, Heinrich! — Du mußt gestöhnt haben unter meiner Last.

Heinrich (hart).

Was soll das, Ferschter?

Der Förster
(sich mit der Rechten über die Stirn streichend, vor sich hin sinnend).

Was hab' ich denn geredet, Mutter! — (Er lacht in sich hinein.) 'n Teufelskerl — der Heinrich! — 'n Teufelskerl!

Heinrich (finster).

Willst du mich au' noch zum Narr'n macha — uba= drein — Ferschter?

Frau Förster
(die entsetzt Heinrich, dann den Förster angesehen hat, aufschreiend).

Um Himmelswillen! — Heinrich!?

Der Förster (lächelnd).

Gottswetter! — nun weiß ich's wieder. (Indem er Frau Förster mit dem Arm beiseite drängt, um Heinrich zu sehen.) Schweig, Mutter! (Eifrig zu Heinrich.) Bist auch nicht bleich geworden, Heinrich! Nicht wahr? — Wir beide nicht! — Bist 'n ehrlicher Schütz, Heinrich! — (Sich hastig umblickend.) Macht die Fenster weit auf, daß Luft 'rein kommt! (Ida öffnet die Fenster.) — Es wird so finster hier im Zimmer! — (Er schöpft tief Atem und schließt bei erhobenem Kopf die Augen.)

Frau Förster (in Schluchzen ausbrechend).

Ach Gott! Ach Gott! Was ist nun über uns herein=
gebrochen?!

Der Förster (sich unwillig aufraffend, Heinrich mit dem Blick suchend).

Schweig, sag' ich! Schweig! — Bei meinem Sterben
— schweig! — Da ist nichts zu weinen! — (Hastig zu
Heinrich gewandt.) Nicht wahr, Heinrich? — Wir sind nun
quitt! Nicht wahr? —

Heinrich (wie erwachend, in Zorn und Zerknirschung).

Ferschter! — Ferschter! — Verfluche mich! — Ver=
fluche mich! —

Der Förster (indem er nach dem Wasser greift).

I — was redest du, Heinrich?

Ida (schluchzt auf, indem sie ihm Wasser reicht).

Der Förster (trinkt, wobei er Ida anblickt).

Ach so! Ich bin bei euch. — (Zutraulich, indem er Ida
sanft berührt.) Es passiert ihm ja nichts! — (Geschäftsmäßig
eilig zu Frau Förster.) Ja — Mutter — das Begräbnis be=
zahlt der Graf, Mutter —

Frau Förster (bebend).

Nein, nein! Vater! Der Doktor muß dich wieder
gesund machen.

Der Förster (eilig dazwischen redend, ohne sich stören zu lassen).

Daß er nur auch das Geld pünktlich schickt, daß ihr
nicht erst in Ungelegenheiten kommt! — Dann ist ja doch

alles in Ordnung so weit! — (Unwillig.) Nur weint nicht, wenn ihr mich nicht unglücklich machen wollt! — (Lebhaft zu Heinrich.) Warum stehst du so von ferne, Heinrich? Komm näher, sag' ich! —

Heinrich
(sich mit der Rechten im Haar wühlend, starrt den Förster verständnislos an).

Der Förster (triumphierend und lockend).

Ich war auch mal jung, Heinrich! — Da hatt' ich Lebenslust und Kraft! — ja Kraft! — und konnt' ihn doch nicht retten — meinen Vater —

Heinrich
(reißt die Augen weit auf, in sich hineinsinnend mit irrendem Blick).

Der Förster (lebhaft).

Teufel auch! Dann hab' ich manches bleiche Gesicht gesehen! — Mancher, der ins Dickicht fiel! — Ach was, Heinrich! — Gewissensbisse? — Unsinn! — Seid treu! — Du hast doch auch an ihm gehangen — am alten Ringel! — Er war doch dein Vater —

Ida (bebend).
Vater! —

Heinrich (emporfahrend).

Förster! — (Hart und kühn.) Sprich, Förster, was du mir zu sagen hast! — (Mit ganzer Kraft.) Ja, ja — mein Vater! — Das war mein Vater — und darum — (Er geht ihm näher.)

Der Förster (zutraulich und heimlich lächelnd).

's braucht's niemand weiter wissen! — Ich weiß. —

(Lebhaft.) Er dachte, er könnte mich bethören, der alte Fuchs! Hahaha. Er wollte mir weis machen, ich müßte ihn schonen! Aber ich glaubt' es ihm nicht! — Ja, ja — ich weiß! — (Kühn) Aber — man darf keine Memme sein, Heinrich! — (Gesteigert.) Man darf sich doch nicht lumpen lassen, Heinrich! — (Mit höchstem Nachdruck.) Man muß doch wissen, was zu thun ist! — Wie? — (Hart und feierlich, indem er auf den Totenschädel weist.) Das war mein Vater! — (Zornig.) Den haben die Hunde von Wild= schützen verschmachten lassen — im Forst. — (Finster.) Gebt mir den Totenschädel mit ins Grab. Ich will nun end= lich 'mal Ruhe haben! — (Man hört ein fernes Rauschen des Waldes.) Hört ihr! — (Mit leuchtenden Augen.) Wie er aufrauscht! — der Forst! — O — da halt' ich meine Hand drüber — und wehe! — (Ganz abwesenden Geistes.) Ich muß noch hinaus — in den Forst. — Aber ich bin müde jetzt. — Laßt mich schlafen. — (Der Kopf sinkt ihm auf die Brust.) Gute Nacht! —

Frau Förster (ist neben dem Stuhle niedergesunken und betet laut).

Vater unser, der du bist im Himmel! —

Ida (bebend).

Mutter! — (Wie flehend.) Er wird schon wieder er= wachen —

Der Förster (schlägt die Augen auf, matter, aber hastiger).

Meine Rechnung mit dem Leben ist noch nicht fertig, Mutter. Es ist nicht mehr viel Zeit! — (Er blickt auf Heinrich.) Bist du noch nicht zufrieden, Schwerenot! Bist bu noch nicht zufrieden, Heinrich? — Willst bu etwa noch mehr hören? — (Dringlich.) Siehst bu — ich mochte wohl **verblenbet** sein, weil ich Kraft hatte, Heinrich! — (Er broht ihm mit dem Finger.) Wie bu! —

Heinrich (mit starr aufgerissenen Augen, schüttelt irr den Kopf).

Die Ei'sicht kimmt zu spat, fir inserees. — Was is — bas is. — Das is ni meh' zu verwischa.

Der Förster (stark, aber mit Anstrengung).

Nein — sag' ich bir! — Tob unb Teufel! Nein, nein! — Das fehlte nur noch! — Du willst mich boch jetzt nicht noch zum Sünber stempeln — in ber Sterbe= stunde! — Was? — (Einbringlich.) Ich glaube, ich hatte geschworen, mich zu rächen — für meinen Vater! — Ich hab' meinen Schwur **gehalten!** — (Groß unb kühn.) **Du** haft beine Sache **gut** gemacht, Heinrich! — (Zur Mutter gewanbt.) Mutter — Das ist bein Sohn! — Er wirb euch treu sein! — (Feierlich.) Er wirb nun nicht weiter sünbigen! —

Heinrich
(ahnungsvoll, bie Arme sehnsüchtig ausbreitenb, mit wirr verklärten Zügen).

Ferschter! Was reb'st bu? — Sa's noch amol, Ferschter! — Ich wihl treu sein! — Ju ju! — Dck nihm meine Last vo' mir! —

Der Förster (reckt seine Rechte nach Heinrich).

Heinrich — (In biesem Augenblick geht bie Hausthür, unb man hört Tritte auf ben Steinfliesen. Unwirsch.) Wer stört mich ba noch?

Frau Förster (eilt hinaus).

Gott sei Dank! — Der Doktor! —

(Beim Oeffnen der Stubenthür sieht man Angst und Laban im Hause stehen.)

Der Förster (sie sehend).

Was wollen die noch hier? (Er winkt ihnen; barsch.) Was wollt ihr hier?

Angst (indem sie beide über die Schwelle kommen; devot).

Da Hersch abhul'n, Herr Ferschter. — Was is b'nn mit 'n Ferschter, Heinerla? —

Der Förster (schwach und haftig).

Nun gut! — Da könnt ihr gleich noch euern Förster sterben sehen! — (Haftiger.) Angst, Laban. (Er winkt sie heran.) — Ich hab' mich selber in den Leib geschossen. — Mein Gewehr entlud sich im Fall. — Aber es ist alles in Ordnung — so weit! — Und der Heinrich — das ist 'n Kerl — sag' ich euch! Der hat mich hereingetragen — in seinen Armen! — 'n verfluchter Kerl —! — (Zutraulich.) Komm, Heinrich! — (Er streckt plötzlich seine Arme aus.)

Ida (schaut den Förster gespannt an).

Heinrich (blickt ebenfalls starr auf den Förster, schreiend).

Ferschter! (Er tritt nahe an ihn heran.) Ich wihl treu sein — mein Lebelang! — (In Schluchzen zusammenbrechend.) Aber ich bin nee wart —

Ida (ist vor Vater niedergesunken).

Der Förster
(reckt seinen Arm weit nach Heinrich aus, faßt mit aller Kraft dessen Hand, zieht ihn zu sich und blickt ihn lange mit Todesaugen an).

Heinrich (steht regungslos).

Ida (aufschluchzend).

Ach, Heinrich! Der Vater stirbt! —

Der Förster (mit leiser Stimme).

Er stirbt in Frieden! (Dann richtet er sich plötzlich noch einmal starr auf, blickt mit Festigkeit um sich und sagt stark.) Frieden! — (Er sinkt zurück. Stille.)

Heinrich
(läßt die Hand des Försters herabgleiten. Nach einiger Stille geht er langsam gegen die Thür. Auf halbem Wege, leise bebend).

Ich gih menn' Strofe tra'n. — Hernacher wihl ich mich versteck a — ei a Berga. — Schaffa und roba wihl ich — eim Schweeße menn's A'gesichts. — Stille warta wihl ich, eb ihr mir ei dam Laba au' noch amol ganz verga'n kinnt, wie b'r Ferschter. (Er geht ab.)

Angst
(auf Heinrich blickend, dann sich verlegen den Kopf krauend, kindlich zu Laban).

Nu bo! — Nu bo! — A sterbt. — Do gibt en'n gar der Odem aus! — A starker Man! — A hätt' sich wull salber geschussa! — Nu nu!

Laban (feierlich).

Was gibt das itzt mich a'? Meine Gitte! — Dar hot 'n doch eemol verga'n. A starker Man! —

(Der Vorhang fällt.)

Ende.